이웃과 시

이웃과
시

내 이웃이 번거롭고 안쓰럽고
짠한 시간

22:30:00

우리는 서로를 모르고

어떤 글은 시가 된다. 어떤 글은 소설이 될 테고 그도 아니면 에세이가 될 것이다. 이도 저도 아니면 무엇이 될까. 일기? 낙서? 끄적이기? 잘 모르겠다. 이 글이 시인지 소설인지 에세이인지. 글을 쓰다 보면 꼭 잊어버린다. 시를 쓰면서 시를 신경 쓰지 않고 소설을 쓰면서 허구를 비켜나며 에세이를 쓰면서도 진실하려 애쓰지 않았다. 진실, 진실이 무엇이길래? 에세이가 과거의 경험이나 감각을 풀어내는 것이라면 과거의 조각은 기억에 의거해 캐내고 구성할 것인데, 그 기억이라는 게 믿을 만한 녀석인가? 내 생각을 말하자면 글쓰기에서 진실은 대체로 불가능하다. 진실한 글을 썼다고 주장하는 자는 일단 의심하라. 그러니까 이 책의 글은 시도 아니고 소설도 아니고 에세이는 더더욱 아닌데, 그리하여 시이기도 하고 소설이기도 하며 특히 누구라도 이걸 에세이라 해도 되겠다고 쳐준다면 나로서는 체면치레하는 셈이지만, 내가 과연 체면이라는 걸 아는 자일까 의심이 든다. (자기 성찰이다) 안 되겠다. 차라리 뻔뻔하게 고백하자. 이것들은 행과 연의 구분이 없는 시입니다. 짧은 분량의 소설입니다. 거칠고 투박한 에세이입니다. 차린 건 없지만 아무쪼록 읽기에 좋으셨으면 저도 좋겠습니다. (고백 공격이다) 무책임해 보여도 어쩔 수 없다. 때로는 무 자르듯 구획된 쓰기의 장르들이 내게는 더 무책임하게 느껴진다. (책임 전가다)

*

왜 이웃에 대해 쓰겠다고 먼저 말했을까. 하

다 보니 이웃의 정이라고는 쉬이 찾아보기 힘든 험한 걸 내놓고야 말았다. 따지자면 우연한 일은 아니다. 몇 번의 대선을 치르고 난 다음 날에 나는 전철이나 버스에서 그 자리에 있는 사람 중 반 정도는 될 게 분명한 이웃들의 상식과 사고와 신념과 선택 따위에 참담함을 느끼고는 했다. 그들을 저주했다고 말하고 싶지는 않다. 그렇게까지 적극적으로 잔악해지고 싶지는 않다. 우리는 결국 같이 살아가야 하지 않겠는가. 그래서 나는 그저 무심해지고 싶었다. 누구와도 눈 마주치지 않고 그저 손에 든 휴대전화만 쳐다보길 바랐다. 내가 그러하니 너도 그러하길 원했다. 이런 태도가 시가 될 수 있을지는 역시 모르겠다. 모르겠다는 말을 몇 번이나 하는 건가! 하지만 잘 모르겠다. 나름대로 시를 배울 때에 대상을 열심히 관찰하는 게 우선이라고 들었다. 너는 곧 나이니 그건 사랑이라 할 만큼 응시하라 했는데 이게 과연 이웃을 대상으로 될 법한 이야기인지 모르겠다. 네 이웃을 사랑하라는 말도 있으니 이웃을 시로 쓰면 맞춤이겠지만, 얼마나 사랑하기 힘든 존재가 이웃이면 그런 말이 유력하게 나돌까 싶기도 하다. 무엇보다 이웃은 타자고 타자는 대상인데 대상을 상정하고 시를 쓰기가 여간 괴이쩍은 게 아니다. 누가 누굴 시의 대상으로 삼을 수 있나? 누가 시인의 사랑을 갈구했는가? 누가 너더러 맘대로 시를 쓰라고 했나? 그렇게 묻는다면 죄송하다는 말밖에 다른 할 말은 없다. 죄송합니다. 결국 일이 이렇게 되고 말았네요. 하여 앞으로는……

*

　　주말에는 강원도로 가벼운 여행을 다녀왔다. 가는 길에는 무작정 끼어드는 차 때문에 사고가 날 뻔했다. 길이 막혀 고속도로에 접어드니 오토바이를 모는 한 무리가 위압적인 소음을 일으켰다. 화장실에 갈 겸 들른 주유소에는 이곳 화장실을 이용하지 말라는 안내문이 큼지막했다. 호텔에서는 한 남성이 번호표를 뽑지 않고 막무가내로

08

방 배정을 받으려 했다. 관광지 주차장에서는 선을 넘어 비스듬히 주차한 차가 두 자리를 차지했다. 흡연구역 아닌 곳에서 담배를 피우는 사람을 여럿 보았다. 해변에는 플라스틱 쓰레기와 담배꽁초가 많았다. 숙소 위층에서는 밤늦게까지 층간 소음을 일으키며 어른들의 파티가 열린 듯했다. 바다가 보이는 어떤 카페는 노키즈존이었다. 우리는 서로에게 무슨 죄를 이토록 바지런히 짓는지 모른다. 우리는 서로에게 악의를 품을 새 없이 악행을 저지른다. 고속도로에서 나는 교통법규를 살짝 위반해 가며 도착 시간을 당겼다. 달리는 오토바이 뒤에서 오토바이를 타면 쉽게 죽지 않나 함부로 생각했다. 주유소에서 기름을 넣고 영수증 버리는 휴지통에 차에 있던 다른 쓰레기를 버렸다. 해변 근처 편의점에서 사 온 생수를 다 먹고 버릴 데가 마땅치 않아 벤치 위에 올려두었다. 숙소에 먹다 남은 닭강정을 그대로 두고 나왔으며 호텔 로비에서 뛰어다니는 애들을 거추장스러워했다. 우리는 서로를 모르는 만큼 자신을 모르며 자신을 모를수록 타인을

잘 안다 착각한다. 사정이 이러한데 '이웃'과 '시'가
가당한가?

*

　　그러나 쓴다는 일은 용기내는 일과 다름없음
을 믿는다. 모르는 이웃에게 말을 거는 것처럼. 그
이웃이 좋은 사람일 수도 있다. 사실 거의 그러했
을 것이다.

차례

우리는 서로를 모르고

산문

시

산문

함바집 단골이었던 사내

그는 할머니의 함바집 단골이었고, 동네 신작로 내는 일이나 비닐하우스 일 따위에 일거리를 찾으러 드문드문 나타났다. 언젠가부터 좀처럼 얼굴을 비추지 않았지만 할머니는 딱히 궁금해하지 않는 것 같았다. 함바집에서 교회 가는 길 언덕바지에 1층인 듯 지하인 듯 걸쳐 앉은 집들이 있었고, 교회 공터 미끄럼틀에서 내려다보면 낮은 집의 옥상에 널어놓은 빨래며 그 아래 항아리며 낡은 의자며 하는 것들이 보였다. 그는 거기에 살았다. 나는 미끄럼틀에 올라 정작 미끄러져 내려오지는 않고 그의 집에 널린 알록달록한 빨래를 가만히 셈하는 걸 좋아했다. 다섯 개, 여섯 개, 노란색, 빨간색, 까만색…… 중얼거리던 어느 날, 그가 빨래 사이로 고개를 빼꼼 내밀며 깐돌아, 거기서 뭐 하냐? 물었다. 그때 내 별명은 깐돌이었고, 가무잡잡한 얼굴색과 까불까불한 몸가짐에 잘 어울리는 별명이었지만, 저 아저씨가 나랑 그렇게 친했었나? 떠올리니 그건 아닌 것 같아 다소 의아했다. 아무것도 안 하는데요. 심심하지 않아? 심심하죠, 맨날. 그가 제안했다. 어차피 아무것도 안 할 거면 우리 집에서 라면 한 그릇 먹을래? 라면이라니…… 그것은 어른의 음식이 아닌가? 깐돌이는 재빨리 미끄럼틀을 탔다. 그것이 나의 첫 라면이었다. 이후 그에게 종종 라면을 얻어먹었다. 할머니는 손자에게 스프를 뺀 심심한 라면을 끓여주었다. 할머니는 손자가 그 집에 드나드는 걸 반기지 않았다. 아니, 가지 말라고 역정을 냈다. 왜 안 되는지 자세히 말해주지는 않으면서 그저 큰일 난다고만 했다. 큰일날 놈이라고 했다. 더럽다고도 했던가? 큰일 날 일이 뭐가 있담? 할머니의 금지령을 어기는 스릴이 덧붙어서인지 라면은 더욱 맛났다. 하루는 버너를 쳐다보고 있는 그에게 말했다. 라면에 달걀은 안 넣어요? 그가 답했다. 달걀이라니, 나한테 그거 두 쪽이 전분데 그것마저 넣어야겠냐. 도통 무슨 말인지 모를 말을 하며 그는 히죽히죽 웃었다. 창문이 작은 집이었다. 버너에 눌어붙은 라면 가닥이 짧고 구불구불했다. 나는 침을 꼴깍 삼켰다. 깐돌아, 라면에 계란 넣으면 고추 한번 만져도 되겠지? 그가 물었다. 그가 바지춤에 손을 넣으려 했다. 나는 놀라서 허벅지를 꼬았다. 아니요. 언덕을 부리나케 달려 할머니에게 갔다. 무슨 말을 해야 할지 몰라서 침을 삼켰다. 비밀이어야 할 것 같기도 하고, 다 말해야 할 것 같기도 했다. 다만 다시는 미끄럼틀을 타러 가지 않게 되었다. 옥상의 빨래도 궁금해하지 않기로 했다. 얼마 지나지 않아 그는 동네에서 사라졌다. 흉흉한 소문 같은 건 너무 어린 귀에까지 전달되지 않았지만, 알아서도 안 될 듯했다. 동시에 알 것만 같았다. 그게 두려워 몸을 떨었다.

부지런하고 예의 있는 옆집 남자

옆집 남자는 사이클이 취미다. 복도식 아파트 좁은 공용 공간에 자전거를 세 대나 일렬로 세워놓는다. 40대 후반에서 50대 초반으로 보인다. 길게 대화를 나눠본 적 없으니 정확하진 않다. 가끔 사이클 복장을 한 그와 승강기 앞에서 마주치기도 한다. 그는 이른 시각 새벽 운동을 나가는 길이었고 나는 그 새벽에 술자리를 마치고 귀가하는 길이었으니 나로서는 민망한 스침이었다. 그럴 때마다 그는 점잖게 인사를 건넨다. 미소 띤 얼굴로 안녕하세요, 먼저 인사한다. 다음에는 내가 먼저 인사해야지, 마음먹지만 언제나 실패했다. 그는 인사하기에 실패 없는 사이클 동호회 중년 가장이다. 매너 있고 부지런하고 건강하다. 심지어 그의 아들도 그렇다. 초등학교 5학년 정도 되어 보이는 그 친구는 아버지를 닮아서인지 인사하는 타이밍을 놓치는 법이 없다. 이웃을 마주치면 인사한다. 근래 많은 사람이 잊고 있는 이 담백한 미덕을 이웃집 부자父子는 진작에 체득한 듯하다. 그렇다면 그의 아들도 착하고 성실하며 건강할 것이다. 좋은 일이 아닐 수 없다. 반면 그러하지 못한 나는 나의 딸아이도 나를 닮아 그러하지 못할 것이 걱정이다. 인사성만 보더라도 우리 아이는 그 집 아들보다 늘 한 타이밍이 늦다. 승강기에서 이웃 어른이 먼저 인사를 하면 그제야 맞인사할 때도 많다. 내가 거의 그러하니까 아이가 그러한 것도 당연하다. 그런 생각을 할수록 다음에는 먼저 인사해야지 다짐하게 된다. 모든 다짐이 실천으로 이어지는 것은 아님을 선험적으로 안다. 됐다 되지 않았다, 하기를 반복한다. 반복 속에 스트레스를 받는다. 의

21

식적으로 스트레스를 잊는다. 그러다 인사를 잘하지 않는 나를 승강기 거울로 발견한다. 예전 다짐이 다시 떠오른다. 다시 시작한다. 실패한다. 반복한다. 지랄 난다. 그러던 어느 날이었다. 지방자치단체 선거 운동이 한창이었다. 승강기에 타며 나는한 손으로 휴대전화를 든 채 유튜브 스케치 코미디 채널에 시선을 주고 있었는데, 그가 인사를 건넸다. 아, 또 타이밍을 놓쳤군. 이런 인사의 천재 같으니라고……. 그의 손에도 휴대전화가 들려 있었다. 그는 내 인사를 받고 거의 동시에 다시 휴대전화 화면을 보았다. 나도 모르게 그의 시선을 따라가다 보니 그가 보는 콘텐츠가 눈에 들어왔다. 점잖고 성실하고 책임감 강한 그는 모 정치인의 인스타 라이브를 보며 하트를 날리고 있었다. 화면속 인사는 젊고 인사 잘하는 유력 정치인이었으며휠체어 장애인의 집회를 두고 모욕적인 언사를 서슴지 않은 자이기도 했다. 어쨌거나 그도 성실하며건강할 테다. 나는 항상 도대체 어떤 인간이 저런정치인을 지지할 수 있는지 의아해하기도 했는데,

그런 사람과 그의 아이가 가까이에 있었다. 승강기 문이 열리자마자 우리는 동시에 인사했다. 이번에도 이기지 못했군. 홀로 씁쓸했다. 다음번엔 어떻게 인사를 건네야 할지 급격히 막막했다.

붙임성이 좋은 동네 할머니들

할머니들은 할머니들끼리 금세 친해지는 요령이라도 있는 걸까. 서울에 와서 얻은 첫 집은 반지하였는데 할머니가 며칠 와서 머물고는 했다. 주로 명절 직전이었는데 할머니로서는 마음 편하게 제사를 지낼 수 있는 유일한 곳이 내가 머무는 작디작은 반지하 집이었던 모양이다. 그게 참 싫어서 많이 불퉁거렸다. 지금 와 생각하니 조금 서글서글하게 받아들였어도 괜찮았을 성싶다. 이미 지난 일이다. 후회라도 하지 않으면 지난 시간을 토닥일 요량이 없다. 제사를 핑계로 할머니는 북한

산 아래 높은 지대 좁은 골목이 있는 동네에서 보름에서 스무날 정도를 보냈다. 그 기간에 할머니는 이웃 할머니와 둘도 없는 말동무가 되었다. 나는 이웃 할머니의 얼굴도 모르는데, 할머니는 말동무의 고향과 나이와 자녀와, 그 자녀의 자녀까지 이미 잘 알았다. 둘은 동향이었다. 할머니는 진도, 다른 할머니는 고흥. 고흥 할머니는 수십 년 전부터 서울 어딘가에서 고흥댁이라 불리며 삶을 버텨왔을 테니 오랜만에 진득한 고향 사투리를 만나 무척 즐거웠을 것이다. "여기서 전철로 한 정거장만 가면 내가 자주 가는 한의원이 있어요. 내일은 거기나 함께 갑시다." "거기가 그렇게 좋은가 보네요. 그래요, 한번 그럽시다." 도시의 노인들이 한의원에 자주 간다는 건 알고 있었다. 도시의 노인들은 전철로 갈 수 있는 곳은 어지간하면 걸어가지 않는다는 말이 있다. 그들은 무료로 전철을 탈 수 있고 그건 우리 사회가 노인에게 부여하는 몇 안 되는 복지 중 하나일 것이다. 동시에 그것은 전철이 없는 곳에 사는 노인은 누릴 수 없는 복지다. 할머니는 그날까지 전철을 타본 적 없었다. 에스컬레이터도 타지 못해 용산역이나 서울역에서 내 팔목을 꼭 붙들곤 했다. 그 희미한 악력이 눈물겨울 때도 있었다. 승강기가 더 많으면 좋을 텐데. 승강기가 더 많으면 노인도 어린아이도 직장인도 그리고 장애인도 모두 좋지 아니하겠는가 말이다. 할머니는 며칠 상간으로 사귄 친구와 전철역에 들어서다 에스컬레이터에서 크게 넘어져 머리를 일곱 바늘 꿰맸다. 전화를 받고 뛰어간 병원에는 고흥에서 서울로 올라와 전철과 에스컬레이터에 익숙해진 도회형 할머니가 안절부절못하고 서 있었다. "아이고, 내가 괜히 노인네를 끌고 다녀서는…… 이를 어째……." 미안해하는 노인의 얼굴을 보는 일이 괴로웠다. 할머니는 응급 치료 후 입원 절차를 마쳤고 제사는커녕 병실에 누워서 추석 명절을 지내는 신세가 되었다. 고흥 할머니는 사나흘에 한 번꼴로 음료수나 반찬 같은 걸 들고 병실에 왔다. 할머니는 서울 반찬이 입맛에 맞지 않는다며 먹지 않았다. 본인이 직접 가져온 조개젓에 물에 만 밥을 조금 먹을 뿐이었다. 할머니는 문병을 온 고흥 할머니에게 냉장고에 조개젓이 많으니 그것 좀 가져가라고 했다. 고흥 할머니 아니, 고흥댁은 미안한 얼굴로 검정 비닐봉지에 조개젓을 담았다. 오전 내내 먹은 것도 없는데 심한 조갈증이 났다.

마치 손오공이 된 것 같던 광석이

초등학교 5학년 때 일이다.(그땐 국민학교라 불렀다) 친구 광석이는 다들 닭띠인 학년에서 혼자 원숭이띠였다. 출생신고가 잘못된 것인지 무슨 사정이 있어 뒤늦게 입학한 것인지 알 수 없었지만 닭띠나 원숭이띠나 우린 친한 친구였다. 광석이는 한 살 많아서인지 공부도 잘했고 운동도 잘했다. 한 살 많은 것치고는 키도 작고 몸도 크지 않았다. 그렇지만 날렵하고 다부졌다. 꼭 원숭이처럼. 마치 손오공처럼. 우리는 지방 도시 주공아파트 입주민이었다. 지은 지 오래된 5층짜리 아파트가 70

동까지나 있었다. 나는 56동, 광석이는 63동. 우리 집이 맞벌이여서 주로 56동에서 놀았다. 우리 집은 5층이었지만 열두 살 남자아이들에게 그다지 중차대한 문제는 아니었다. 우리는 5층까지 단숨에 뛰어 올라갔다 더 빠르게 뛰어 내려왔다. 그날도 5층에서 새로 들여온 게임을 하고 있었는데 별안간 초인종이 울렸다. 아빠는 어디 갔는지 모르고 엄마는 들어올 시간이 아닌데……. 옆집 아줌마였다. 옆집 아줌마의 얼굴은 처음 보았다. 아줌마가 말하길, 열쇠를 잃어버렸는데 지금 꼭 현관문을 열어야 한다는 것이다. 무슨 말인지 몰라 멀뚱거리고 서 있었다. 아줌마가 같은 말을 반복했다. 지금 집에 들어가야 하는데 어떡하니. 당장 문을 열고 뭘 찾아야 하는데 어떡하니. 아니 그래서 우리더러 어떡하라고요? 옆집도 우리 집도 세입자라 새시 공사를 하지 않은 상태였다. 두 집은 양팔 간격 정도로 가까이 붙어 있었고 마음만 먹으면 집에서 집으로 넘어갈 수도 있었다. 도둑 들기 딱 좋다고 생각했었지만 뭐 훔쳐 갈 게 없지 않나 하는 생각이 출싹

대며 따라붙었다. 아무리 훔쳐 갈 게 없는 사이라도, 이건 아니지 않나? 아줌마의 제안에 따라 우리는 옆집과 벽 하나를 경계로 한 방의 베란다에 들어가 고개를 삐죽 내밀었다. 닿을 듯한 곳에 옆집 창틀과 약간 녹이 슨 창살이 보였다. 광석이가 몸을 달아 하는 게 느껴졌다. 광석이는 철봉에서 힘껏 회전하여 땅에 착지할 수 있었고 정글짐에 가장 빠르게 올라갔으며 체력장에서 무슨 종목이든 1등이었다. 광석이 없이 혼자 집에 있었다면 나는 어떻게 했을까? 아줌마는 5학년 남자아이의 호승심을 부추기고 있었다. 아줌마가 정말 급한 일이어서 그래, 어떻게 해야 할지를 모르겠어. 나는 무서웠다. 어, 저는 안 될 것 같은데요. 바보 같은 대답을 했다. 그렇다면 누가 되는가? 광석이는 되는가? 광석이는 이미 베란다 밖으로 몸을 반쯤 내민 상태였다. 공부 잘하는 광석이, 운동 잘하는 광석이, 나보다 한 살 많은 광석이, 마치 된 것 같아 손오공, 아니 광석이……. 이윽고 옆집 문이 열렸다. 아줌마는 기뻐했다. 나는 안도했다. 광석이는 뿌듯해했다. 그런데 아줌마는 무슨 일이 그렇게도 급했던 걸까. 그게 궁금해 그날 저녁 엄마에게 저간의 사정을 알렸고 엄마는 분노와 다행을 동시에 느끼는 듯했다. 겁이 없는 옆집 여자에게 분노가 치밀었고 겁이 많은 우리 아들이라 다행이었을 것이다. 이윽고 아파트 복도에서 몹시 크고 사나운 소리가 들려왔다.

말주변이 좋은 집주인 아주머니

　　결혼과 동시에 얻은 집은 서울에서 가까운 경기 북부 소도시의 연립주택 1층이었다. 방이 두 개에 좁은 주방이 붙어 있어 비교적 윤택한 시작이라 할 수는 없었다. 집주인은 예순은 넘어 뵈는 여성이었는데 부동산 중개인이 깐깐하기로 동네에 소문이 자자하다고 귀띔해주었다. 실제로 만나니 작은 키와 마른 체형에 단정한 옷차림이 누군가 '동네에 깐깐하기로 소문난 중년'을 전형적으로 그려놓은 상이었다. 그는 부동산 사무실에서 출력한 계약서를 세입자보다 몇 배는 꼼꼼하게 읽었으며 세입자가 전세 대출을 받으려는 은행에 직접 전화해 이것저것 캐묻기도 했다. 내가 어느 대학을 나왔는지, 고향은 어디인지, 하는 일은 무엇인지 스스럼없이 물어보았다. 나는 어쩐지 집주인에게 잘 보여야 할 것만 같은 묘한 압박감에 더 좋은 쪽으로 나를 풀기 바빴다. 고향에 있는 학교를 나왔는데 성적으로는 서울로 올 수도 있었다, 지금 다니는 회사는 크지 않지만, 더 큰 회사의 이직 제안이 있어 생각 중이다, 이사하는 날에는 고향에서 어머니가 직접 오실 거다…… 껄렁하고도 핵심적인 질문에 거짓과 과장을 보태 신실하게 답했다. 여하튼 무사히 계약을 맺고 이사를 들어가게 되었다. 집주인은 알고 보니 깐깐하다기보다는 수다스러웠다. 그 집에 사는 중에 아이가 태어났는데, 집주인은 내 나이에 결혼하여 아이를 낳아 키우는데 많은 점수를 주었다. "아유, 어쩌면 이렇게 성실하게 아이를 키우고 직장도 다니고! 대단한 청년이야!" 그런 말을 들을 때마다 난도가 높은 기술을 척척 해결하는 체조선수라도 된 듯했다. 하마터

33

면 양손을 쭉 뻗고 가슴을 내밀어 착지 동작을 취할 뻔했다. 집은 자취방으로 쓰기에는 적절했지만 신혼집으로 쓰기에는 아무래도 좁은 편이었다. 금요일이면 퇴근길에 복권을 샀다. 쓸데없는 짓이었다. 아내는 그 집에서 배가 불렀고, 해산했고, 갓난쟁이를 키웠다. 과한 칭찬이 무색하게도 집주인은 미역 한 줄 주지 않았다. 하지만 아이를 볼 때마다 관대한 심사위원이 되어 상찬을 거듭했다. "예쁜 아가네. 젊은 부부가 장하네. 우리 아들은 미국에서 연구원으로 일하는데 아직 결혼 생각이 없어서 아주 걱정이 많아!" 아내는 배시시 웃었고 나는 네 그렇군요, 하며 박자에 맞춰 고개를 끄덕였다. 어쨌든 감사한 일이었다. 우리에게는 최대치의 덕담이 필요했다. 막연히 불안하고 불길한 미래는 아이를 낳음으로써 더욱 형형해진다. 구체적으로 불안하고 실재적으로 불길하다. 강박적으로 열심히 움직였다. 집주인의 말대로 성실한 청년이 되어버린 것이다. 계약 기간이 다 되어 서울에서 더욱 멀어진, 그만큼 세는 저렴한 집을 구하게 되었다. 전세금을 돌려받는 과정에서 특유의 본인 위주의 깐깐함에 혀를 내둘렀다. 하지만 집주인이 원하는 모든 절차를 무사히 밟아나갔다. 그리고 이삿날, 장롱을 걷어내니 감춰져 있던 벽면에 사람 키만큼 거대한 곰팡이가 보였다. 아니, 이렇게 우리가 2년을 산 건가? 신생아를 데리고서? 곰팡이만큼 어두워져 잠시 오도카니 섰는데 집주인이 다시 말을 걸었다. "어이구, 이를 어쩐대…… 다음 세입자도 곧 들어와서 당장 도배해야겠네. 도배 견적 내서 반반씩 부담하는 걸로 할까요?"

그때 거기에 있던 아파트

　　선배가 고향에 있는 사립대학교에 교수로 임용되었다. 다닌 대학은 아니지만 어린 시절 몇 번이고 캠퍼스에 놀러 갔던 학교였고, 또한 좋아하는 선배의 취업 소식이라 무척 반가웠다. 이참에 술추렴이라도 할 겸 몇 명이 시간을 내어 K시로 내려갔다. 오늘 끝장을 보자는 듯 거하게 먹고 마신 후에 선배가 새로 얻었다는 아파트에 느지막이 들어섰다. 우리는 모두 술에 잔뜩 취했기에 바로 잠⋯⋯들지는 못하고 맥주 몇 캔 더 마신 후에야 겨우 잠들었다. 그리고 아침, 퉁퉁 부은 얼굴로 선배네 17층

아파트 거실에 서서 아래를 내려다보는데, 이게 꿈인가, 나 아직 술이 덜 깨었나 싶은 것이다. 어릴 적 내가 뛰어다니던 그 골목과 학교와 동네 위에 지금의 내가 떠 있는 것이었다. 선배가 사는 대단지 아파트는 알고 보니 내가 초등학교 다니던 내내 살았던 주공아파트를 허물고 세워졌다. 그때도 재개발로 이러쿵저러쿵 말이 많았는데, 이렇게 결론을 보게 되니 속이 시원했다. 옛 동네가 흔적도 없이 사라진 데에 섭섭함이 하나도 없다고 말한다면 거짓말이겠지만, 그것보다 더 거짓말 같은 일은 많았다. 사라짐 자체보다 낡아 사라진 아파트와 새로 들어선 아파트와 거기에 사는 사람들이 내게는 더욱 극적인 거짓말 같다. 이곳이 그곳인 줄 알아본 단서는 17층에서 빤히 내려다보이는 학교 운동장뿐이었다. 그것만이 변함없었다. 주공아파트는 안에 초등학교를 품고 있었다. 그걸 요새 부동산 언어로는 '초품아'라고 한다. 선배는 아이가 없어서 그런지 단지가 초등학교를 품고 있든지 말든지 별 상관없는 눈치였다. 그것보다는 아파트 설

계가 잘못되었는지 승강기 소리가 너무 잘 들려 밤에 잠을 이룰 수 없다고 볼멘소리를 했다. 어쩌면 귀신 소리일지도 모른다며 실없는 소리를 했다. 나는 잘 들리지 않았다. 수년 전까지 이곳에 있던 5층짜리 아파트들에는 승강기가 없었다. 거실에 나란히 선 어제의 용사들에게 이토록 신기한 기분을 설명하니 들뜬 듯 물어왔다. 오늘 생가 투어라도 하는 것이냐고. 생가는 보존되어야 생가일 수 있지 않은가. 사라진 생가에는 귀신도 아니 올 일이었다. 아파트는 생가가 될 수 없다. 아파트에는 귀신이 없다. 아파트에는 사람이 산다. 아파트는 비워지지 않는다. 아파트는 생존해 있는 동안 끊임없이 입주자를 맞이하고, 그러다 이해타산에 맞춰 바스러진다. 폭파된다. 무너진다. 그리고 다시 세워진다. 아파트 단지에 자리했던 나무도, 놀이터도, 주차장도, 상가도 모두 그렇게 된다. 아파트 단지에 함께 살았던 이웃도 물론 그러하다. 아파트의 이웃은 이러한 구조를 본능적으로 알아챈다. 그래서 같은 단지 입주민은 되어도 옆집 이웃은 되지 않는 것이다. 우리는 지하 주차장에 내려가 선배의 차를 타고 단지를 떠났다. 근처에서 해장국이나 먹자는 거였다. 가게는 옛 아파트 단지 어느 지점에 놓인 듯했다. 나는 옛 단지에 밀린 학습지를 버린 적이 있다. 방문 교사에게 학습지를 잃어버렸다고 할 참이었다. 선생님은 용케도 내가 버린 학습지를 찾아와 내밀었다. 귀신이 곡할 노릇이었다. 새 아파트 지하 주차장의 LED 전등은 수상히도 너무 밝아 있던 귀신도 곡하기 전에 도망갈 법했다. 나는 아파트 단지의 귀신을 생각하며 해장국을 삼켰다. 몇 해 후 선배는 다른 도시로 적을 옮겼다. 나는 귀신이 되기 전까지는 그때 그 아파트 단지로 되돌아갈 수 없다는 것을 깨달았다.

한 번 가보았던 그 교회

　　한동안 동생은 나를 줄줄 따라다녔다. 친구
들과 놀아야 하는데 귀찮게 굴었다. 안방에서 게
임을 할 때 한 판만 껴달라 했고, 작은방에서 부루
마블을 할 때는 계산도 못 하는 게 은행장이라도
하려 했다. 밖을 나서면 더했다. 운동장이면 운동
장 놀이터면 놀이터 뒤를 밟으며 거치적거렸다. 동
생은 나의 충실한 추종자인 동시에 엄마의 충직한
보고자이기도 해서, 그렇게 내 뒤를 쫓다가 뭔가
수틀리는 일이 생기면 저녁 시간 퇴근한 엄마에
게 그대로 고하기가 십상이었다. 예컨대 학원에 빠

지고 그 시간에 게임이나 하고 있으면 동생은 필히 엄마에게 사실을 알렸다. 아니, 제발, 나는 나대로 내버려두고 너는 너의 일을 하라고! 하지만 녀석에게 할 일이란 게 무엇 있었겠는가. 그러다 동생이 사라졌다. 방금까지 내 뒤에 있었던 것 같은데…… 없다. 학교와 상가와 놀이터를 뒤졌는데도 없다. 어디 갔지? 5층이나 되는 집까지 혹시나 가 보았지만, 거기에도 역시나 없다. 해는 저물어가고 곧 엄마가 올 시간인데 동생은 어디로 갔는가. 학교 가는 길에는 종종 머리가 하얗게 새어버린 아주머니가 보였다. 홀로 뜻 없는 말을 중얼거리거나 지나가는 아이에게 괜한 역정을 냈다. 아이들끼리 도는 소문으로는 실종 아동의 엄마인데 여태 아이를 찾지 못해 실성한 것이라고 했다. 나는 약간의 부끄러움을 안고서 동생 이름을 크게 부르며 단지 안을 돌아다니기 시작했다. 목소리가 점점 커졌다. 이내 목 놓아 동생의 이름을 부르며 울기까지 했다. 그때 한 무리의 사람들이 내게 다가왔다. 우두머리로 보이는 사람이 물었다. "왜 우니? 누굴 찾니?" 동생을 잃어버렸다고 하자 함께 찾아주겠다고 했다. 누구야! 누구야! 여럿이 부르니 동생 이름이 쩌렁쩌렁했다. 그들은 아파트 상가에 있는 교회 어린이부였다. 끝내 동생을 찾진 못했지만 동생을 찾으면 꼭 이번 주 일요일에 교회를 나오라는 것이었다. 신과 함께하는 이들과 동생을 이토록이나 찾았는데 그래도 없다니, 이제 동생을 영영 보지 못하는 걸까? 불안감에 휘청였다. 그들과 헤어지고 집에 돌아오는 길에 처음으로 간절히 기도했다. 하나님, 집에 가면 엄마랑 동생이랑 멀쩡히 텔레비전 보고 있게 해주세요! 이제 동생이랑 잘 놀아주겠습니다! 다시 5층을 올라 집에 도착하니 엄마와 동생이 이제 막 저녁밥을 먹으려 하고 있었다. 나는 아무 일도 없었다는 듯이 밥상 앞에 앉았다. 일요일에는 고마운 마음에 교회를 갔다. 어린이 예배를 하는데 내 앞줄 아이들이 잡담을 좀 했다. 목사가 하나님 앞에서 시끄럽게 떠들면 되겠느냐 묻더니 대답은 기다리지 않고 기다란 매로 아이들의 손바닥을 때렸다. 다시는 그 교회를 가지 않았다.

동생과는 이후로도 잘 놀아주지 않았다. 그게 아니라 동생이 그날 이후로 나를 쫓아다니지 않았다. 그 저녁에 무슨 일이 있었는지는 묻지 않아 모르겠다. 얼마 지나지 않아 우리는 서로에게 말을 잘 걸지 않는, 졸졸 따라다닐 일 절대 없는, 무뚝뚝한 오누이 사이가 되어 있었다.

목소리가 크나큰 이모들

큰이모와 작은이모는 한집에 살았다. 더 정확하게는 2층 주택 아랫집 윗집에 각각 살았다. 우애가 좋았기에 가능했던 일 같다. 우애가 좋았으므로 자주 만났다. 그때 우리 가족은 2층 주택에서 걸어 5분 거리의 사글세 집에 살았다. 누구나 그렇듯이 잘사는 집과 못사는 집이 있고 SNS가 없던 시절에도 그것은 충분히 평가되었다. 나는 상대적 박탈감을 느꼈다. 사촌들은 저마다의 방이 있었고 화장실도 집 안에 있었다. 따스운 물도 잘 나왔고…… 말하자면 끝도 없다. 가난이라는 게 그렇다. 상대적이니 말할 것들이 무한정 늘어난다. 가까이 살지 않았다면 덜했을까? 하지만 이모들과 가까이 살아 좋았다. 상대적 좋음이 아니라 절대적 좋음이었다. 왁자지껄 모여서 먹었던 남도 음식들, 사촌들과 무리 지어 놀았던 동네 골목길, 사촌 형제들과 비디오테이프로 보았던 프로레슬링과 강시 영화…… 말하자면 몇몇 장면이 강렬하게 떠오른다. 추억이라는 게 그러하다. 각자에게 언제나 절대적이다. 이모들과 멀리에 살았다면 생기지 않았을 것들이다. 그 몇 년간 세 자매는 은유가 아닌 실재 이웃사촌으로 지냈다. 큰이모는 아들이 셋인데, 나에게 있어 둘은 형이고 하나는 동생이다. 아들 셋을 키워야 했기에 그랬을까. 큰이모는 조금 무서운 이미지였다. 목소리가 컸고 괄괄했다. 작은이모는 아들만 둘이었는데, 나에게 모두 동생이었고 그 때문인지 목소리가 점점 더 커졌다. 어느 날 큰형과 작은형이 큰이모부의 지갑에서 몇만 원을 몰래 꺼내 우리를 오락실에 데려간 적이 있었다. 그날 하루 실컷 놀았다. 동전을 쌓아놓고 하는 오락이라니.

평안하고 좋았다. 얼마 있지 않아 우리는 꼬리를 밟혔고 형들은 오락기 버튼이라도 된 듯 흠씬 맞았다. 그 맞는 모습을 지켜보기가 괴로워 엉엉 우는데, 큰이모가 말했다. "뭘 벌써 울어? 이제 네 차롄데!" 아⋯⋯ 형들만 맞는 게 아니었구나. 조카를 아들처럼 사랑한 이모는 엄마가 퇴근할 때까지 매타작과 훈계와 교화에 힘쓰더니 해가 져서야 나를 풀어주었다. 간단히 통화를 끝낸 후에 집에 네 엄마가 와 있으니 가보라는 것이었다. 아⋯⋯ 집에 돌아가면 무슨 일이 벌어질까? 집으로 가는 길이 너무나 가까웠다. 최대한 천천히 걸었는데, 처음에 한 걸음 걷고 그다음에 반걸음을 걷고 그다음에 반걸음의 반걸음을 걸었는데, 그렇다면 이론적으로 집은 무한히 가까워지는 대신 도착이란 없어야 하는데, 결국 집이었다. 엄마는 화가 많이 나 있었다. 나는 내가 훔친 돈도 아닌데 이중 처벌을 받는 듯해 다소 억울했다. 억울함을 표하다 더 혼났다. 이후로 사촌 형들과 교류가 뜸해졌다. 같은 반 친구와 다니는 오락실이 더 재밌었다. 사촌들은 새로

개발된 동네의 신축 아파트로 차례차례 이사 갔다. 우리 집도 단칸방 사글세에서 벗어나 방이 두엇이라도 있는 주공아파트에 들어가게 되었다. 여전히 상대적으로 가난한 것 같았다. 여전히 절대적으로 행복하거나 불행하다. 명절이 되어 어머니와 대화를 나눌 때면 사촌들의 안부를 묻는다. 이모들은 다행히 건강하고 사촌들은 그럭저럭 살아가는 듯하다. 상대적으로는 어떤지 모르겠다. 우리가 더이상 이웃이 아니어서 다행스럽다. 큰이모는 여전히 목소리가 크다고 한다. 작은이모는 목소리가 커졌다고 한다. 그 목소리를 절대 사랑한다.

분리배출을 잘하는 데에
자부심이 있는 남자

분리배출은 목요일 오전 9시에 시작해 금요일 오전 9시에 끝난다. 금요일 출근 전에 재활용 쓰레기를 들고 계단을 내려가는 게 일주일을 마치는 그의 루틴이 되었다. 금요일의 일정이 남아 있음에도 불구하고 종이와 플라스틱과 비닐 따위를 분류하면서 한 주가 다 가버렸음을 실감한다. 내가 만든 쓰레기를 보면서. 마치 처음부터 그런 것은 내게 없었다는 듯이 내가 일주일 동안 만든 쓰레기를 내가 치워버리면서. 하루 동안 모인 쓰레기의 양이 상당하다. 한 사람이 분리배출을 어떻게 하는

가 지켜보는 일은 그가 가진 인격의 주요한 단면을 확인하는 것과 같다. 인격이 충분히 수양된 자는 드물지만 그래도 있기는 있고 인격 같은 건 어디로 갔는지 모르겠는 사람은 그보다 더 확실하게 많다. 음식물 자국이 있는 그대로 내놓은 플라스틱 용기가 있는 데 반해 집에서 쓰는 그릇처럼 깨끗하게 설거지해 내놓은 것도 있다. 테이프를 다 떼고 반듯하게 접어 버리는 종이 상자가 있으면 안에 들어 있던 물건만 쏙 빼고 그 모양 그대로 버려진 상자는 더 많다. 비닐 포장재를 잘 떼고 물에 헹궈서 버리는 페트병이 있으면 먹다 남은 음료수가 든 채로 내던져진 병도 여럿 있다. 그 모든 카오스와 아노미를 경비 아저씨가 마치 인격을 수양하는 과정에 놓인 수도자처럼 경건하게 하나하나 정리하는 것이다. 대다수 이웃은 완전히 엉망은 아니지만 완벽히 청결한 상태도 아닌 채로 분리수거장에 간다. 어떤 것은 깔끔한데 또 어떤 건 지저분하다. 꼭 사람 같다. 경비 아저씨가 나타나면 괜히 주눅이 들고 제대로 분리배출을 안 하는 이웃을 보면 속으로 쌍심지를 켠다. 종량제 쓰레기는 봉투에 붙은 스티커 인식표를 수거함에 가까이 붙여 문을 열고 버리는 시스템이다. 한번은 이런 상상도 해본 적 있다. 스티커만 따로 오리면 한 달에 7, 8천 원은 아낄 수 있는 거 아냐? 7, 80만 원이면 해봄 직도 한데, 그 돈으로 양심을 팔 수는 없지, 양심이라는 게 이토록 고가다. 어느 날 출근하는 길로 보이는 남자가 멀끔한 정장을 입은 채 계단을 내려간다. 한 손에 비닐장갑을 낀 채 정체 모를 비닐봉지를 든다. 이윽고 음식물 쓰레기 수거함 앞에 선다. 주머니를 뒤적거리더니 상상 속에서 오려봤던 예의 그 스티커를 꺼낸다. 삑, 문이 열립니다. 어제 먹다 남은 밥과 김치, 닭 뼈와 채소가 뒤죽박죽 담긴 비닐을 툭 내버린다. 재킷 안감에 슬쩍 손을 닦는다. 코끝에 손끝을 갖다 대 무슨 냄새라도 나지 않는지 확인한다. 목격자는 없다. 있다손 치더라도 뭘 할 수 있을 건가. CCTV라도 확인할 텐가? 남자는 피식 웃으며 단지를 벗어나 전철역으로 향한다. 이번에는 스티커 대신 교통카드를 찍을 것이다. 흐린 눈

으로 빈자리를 찾는다. 홀로 비어 있는 임산부석이
그의 눈에 들어온다. 금요일 오전 7시 45분이었다.

언제나 이웃이 궁금했던 요크셔테리어

　　우리 강아지는 바깥세상의 무엇이 그렇게 궁금했던 걸까. 강아지는 집과 너무 가까운 곳에서 죽어 있었다. 집 앞 2차선 도로 한가운데에 차에 치인 채로 있었다. 새벽에 발견했다. 동생이 강아지가 없어졌다며 나를 깨운 지 한 시간 만이었다. 스무 살인 내가 술을 마시고 집에 들어와 문단속을 제대로 하지 않았다. 지금은 연락도 되지 않는 친구들과 우정이 무어네, 사랑이 무어네, 미래가 무어네 떠들다가 그렇게 된 것 같다. 모두에게 미안하다. 가족에게, 친구에게, 우리 강아지에게. 이미 죽은 게 분명한 강아지를 안고 택시를 잡았다. 겨울 코트에 진득한 피가 묻었고 기사는 탑승을 거부했다. 이미 죽었는데 동물병원에 간다고 그게 되나요. 이 시간에 문 연 병원이 어디 있나요. 그의 말은 적확했다. 사실이었다. 우리 강아지는 평소에도 집을 종종 나갔다. 그때마다 동네 세탁소에 가서 꼬리를 흔들었다. 강아지를 잃어버리면 적어도 20분 안에 찾고는 했다. 하지만 밤에는 찾아갈 이웃집이 없었다. 강아지는 아마도 세탁소에 가려고 했던 것일지도 몰랐다. 동네 세탁소는 새벽에도 문을 열었다. 그 시간에 옷을 찾아 입고 출근하는 사람이 있었겠지. 하지만 강아지가 사는 집은 드라이 맡긴 옷을 찾아 입고 출근하는 이가 없었으며 이사가 잦았다. 이사가 잦아 이웃과 가까워지기도 어려웠다. 셋방에서 셋방으로, 셋집에서 셋집으로 이사했다. 조금 좁아지거나 조금 넓어지거나 했다. 어쩌면 우리는 강아지를 키우면 안 될 집이었던 게 아닐까? 하지만 강아지는 우리 강아지였고, 강아지가 있어 한때 이웃과 오래 서서 이야기도 할

수 있었다. 세탁소 아저씨랑 하고 슈퍼 아주머니랑
했다. 강아지가 세탁소를 자기 집인 줄 아는지 손
님만 오면 컹컹 짖었다고 웃으며 말하셨다. 이후로
이사를 하지 않았으면 우리 강아지 조금 더 살았
을까. 아니 내가 술을 마시고 들어온 그날 밤 문단
속만 잘했으면 될 일이었다. 아니 술을 마시지 않
았으면 될 일이었다. 아니 친구가 애인과 헤어지
지 않았으면 될 일이었다. 아니 두 달 뒤 입대 예정
만 아니었어도 그토록 취하지는 않았을 것이고, 취
하지 않았다면 깜박하고 문을 열어두진 않았을 것
이다. 하지만 우리 강아지도 문이 열렸다고 하여
매일같이 밖으로 나가버리는 개는 아니었는데, 그
날은 그랬다. 2월이었다. 숨만 쉬어도 입김이 났다.
살던 동네가 보이는 사진은 우리 강아지 사진뿐이
다. 앙증맞고 사납고 모험심 있는 요크셔테리어를
안고서 집과 골목에서 사진을 찍었다. 지금 다시
강아지가 우리에게 온다면 더 잘 키울 수 있을 것
같지만 쓸데없는 생각이다. 우정도 사랑도 청춘도
다 가버리고 다시 오지 않는데 강아지라고 다시

올까. 그럴 일 없다. 그럴 일 없어서 사진 한 장 본다. 세탁소 앞에서 강아지를 안은 채 웃고 있다. 어린 나와 우리 강아지가 웃고 있다.

거실에서 함부로 공을 튕기던 아이

집을 알아보러 다닐 때 그의 결심을 부추긴 결정적 장면이 하나 있다. 현관을 조심스레 열고 "집 좀 보겠습니다" 인사를 드릴 때 그 집 아들이 자그마한 농구공을 튕기고 있는 것이었다. 현대 대한민국 공동주택에서 용납할 수 없는 행위였다. 그는 돌려 묻지 않았다. "아, 층간소음 문제는 없나 보네요?" 아들이 답했다. "네! 아랫집에 사람이 없어요!" 사람이 없다는 건 집을 자주 비운다는 뜻이겠지. 집을 자주 비우면 층간소음이 일어나도 거기에 고통받을 시간이 덜하다는 뜻도 됐다. 그의 아

56

이들은 집에서 공을 튕기는 놀이 습관은 없지만, 아이는 아이라서 뛸 땐 뛰기 마련이고, 꼭 아이가 아니라 어른이라고 하더라도 무심결에 발뒤꿈치부터 디디다가는 충간소음의 주범이 되기 쉽다. 뉴스에 따르면 충간소음은 현대인에게 강력한 스트레스를 주며 그로 인해 이웃 간 폭언과 폭행, 심지어 살인사건이 일어나기도 한다! 이 집에 사는 일은 곧 목숨을 구하는 일이 되는 셈이다. 실제로 그는 이사 후에 충간소음 관련해 아랫집은 물론이고 어디서도 싫은 소리를 들은 적이 없다. 일부러 방방 뛰는 일이야 당연히 없지만 살면서 어찌 집에서 영원히 뛰지 않고 지낼 수가 있겠는가. 어쩌다밤에 청소기를 돌리거나 세탁기를 돌려야 할 사정도 있지 않겠는가. 그때마다 득달같이 항의하는 이웃이 없어 참 다행이라고 그는 여겼다. 어느새 경계하는 마음도 조금 누그러져서 어린 조카들이 놀러 와 소파에서 바닥으로 뛰어내렸을 때도 아이들을 나무라는 처제를 느긋이 말리기도 했다. "아냐, 괜찮아. 아랫집에 사람 없을걸?" 여기서 사람이 없

다는 말은 그를 성가시게 하는 사람이 없다는 뜻
이다. 성가시지 않은 이웃을 만나 다행이었다. 비
록 그 이웃의 얼굴도, 가족 구성도, 성별도 잘 모르
지만 그마저 성가시지 않음의 증명으로 느껴졌다.
그러던 어느 날 윗집이 이사를 왔다. 대체로 오전
늦어도 오후에 마무리되는 이사 작업이 늦은 저녁
까지 이어졌다. 큰 살림을 이리저리 옮기는 소리가
났다. 다음 날부터는 일정한 박자의 발 망치 소리
가 이른 저녁부터 밤늦게까지 이어졌다. 때론 화장
실 환풍구를 타고 아이들을 혼내거나 부부끼리 다
투는 소리도 들렸다. 저 집에 무슨 일이 있는 걸까?
하지만 성가신 이웃이 되는 건 용기가 필요한 일
이었다. 그와 그의 가족은 최대한 속으로만 구시렁
거리고 중얼거렸다. 소곤소곤 저주했다. 폭언과 폭
행과 살인이 일어날 법했다. 하지만 성가셔서는 안
되지, 최대한 참아보자. 그러던 어느 날, 천장 도배
지가 좀 부푼다 싶더니 누수 사고가 일어나고 말
았다. 그는 수리를 부탁하러 윗집을 찾아갔다. 윗
집에는 사람이 없었다. 밤낮으로 찾아가 벨을 눌러

도 기척이 없었다. 하지만 발 망치 소리는 여전히 들렸다. 설마 숨어 있는 걸까? 당장 누수를 잡아야 하는데! 답답한 마음에 그 옆집에 물었다. 아는 게 없다고 한다. 같은 동의 모든 집에 다 물어야겠다. 우리 윗집에 누가 사는지 아느냐고. 이참에 아랫집 사람들 얼굴도 볼 수 있겠군. 그는 갑자기 성가신 사람이 되어 이 집 저 집 벨을 눌러댔다. 아랫집의 차례였다. 문이 열렸는데, 사람은 없고 질퍽한 바닥이 보였다. 천장 전체에서 가랑비처럼 물이 새고 있었다. 정체를 알 수 없는 물이었다. 알면 안 될 것 같았다. 그는 조용히 문을 닫고 뒤돌아섰다.

동네에 소문난 의리남들

친구는 유난히 의리를 중요시했다. 친구의 말에 따르면 의리란 게 별난 것이 아니었다. 친구의 부모님을 제대로 섬기고 살뜰히 챙기면 최고의 의리다. 친구는 친구의 부모님을 만나는 걸 좋아했고 응당 그래야 한다고 생각했다. 그중 엄마들을 자주 만났다. 친구의 엄마를 만났을 때 어른이라면 누구나 흡족할 수밖에 없게 꾸벅 인사했고 안부를 여쭈었다. 넉살 좋게 밥 좀 얻어먹을 수 있을까요 하는 말도 잘했다. 그렇게 말하는데 밥을 안 주는 엄마는 없다. 고기반찬이 있으면 고기반찬을 내

주었다. 줄 게 영 없으면 만들어주었다. 한 친구의 엄마는 소고기뭇국을 맛깔나게 하셨다. 잘게 썬 무가 든 고깃국에 밥을 말아 무채김치와 함께 먹으면 하루가 든든했다. 하이라이트는 새해나 명절이었다. 친구는 꼭 인사를 돌아야 한다고 고집이어서 나는 쭐레쭐레 친구를 따라 동네를 순회했다. 목적지는 같은 주공아파트 단지 이웃이자 동갑내기 친구의 부모들이 연휴를 맞이해 쉬고 있거나 되레 번잡스러운 시간을 보내고 있을 가정집들이었다. 나는 숫기가 없어 몇 번 인사를 드렸음에도 꼭 친구 뒤에 서서 두어 번째로 인사했다. 안녕하세요. 새해 복 많이 받으세요. 안녕하세요. 즐거운 한가위 되세요. 텔레비전 드라마에서 본 듯한 전형적인 대사를 직접 하자니 얼굴이 달아올랐지만 친구는 뿌듯해 보였다. 어떤 부모님은 떡볶이라도 사 먹으라며 용돈을 주셨다. 나는 그 돈이 뿌듯했다. 아무래도 나는 친구가 원하는 의리남은 아닌 듯했지만, 내가 생각하는 의리는 꼭 이러한 요식은 아니었지만, 의미 없는 논쟁이 될 것 같아 입밖에 생각을 내

보이진 않았다. 무엇보다 친구가 즐거워하니 그것
으로 되었다. 그 친구와 가까워지기 전 일이다. 3학
년이었을까, 4학년이었을까. 엄마가 말했다. 38동
에 젊은 엄마가 돌아가셨다고. 막내가 너랑 동갑인
데 혹시 아는 친구냐고. 그때는 아니었지만 이후
우리는 친구가 되었다. 친구를 볼 때마다 그런 생
각을 한 건 아니지만 어쩔 수 없이 가끔은 엄마가
없는 삶을 생각하게 되었다. 친구는 나를 성당에
다니게 한 장본인인데 대학에 들어가기 직전 겨울,
술에 잔뜩 취해서는 내가 얼마나 기도했는데, 정말
많이 기도했는데, 죽도록 기도했는데, 하느님은 하
나도 들어주지 않았다고 말하며 울었다. 친구가 엄
마를 이야기한 건 그때가 처음이자 마지막이었다.
신부님은 그것도 하느님의 뜻이라고 말했단다. 수
녀님은 같이 기도하자고 했단다. 나는 의리남이다.
그래서 하느님을 함께 욕했다. 지옥에 가라면 가라
지. 사실 지옥문 들어서기 전에 고해성사라도 하면
어떻게 만회되지 않을까 싶기도 했지마는……. 소
고기뭇국 잘하던 어머님은 거의 10년 전에 돌아가

셨다. 친구가 함께 가자고 연락이 왔다. 하필 그때 아내가 만삭이었다. 거기가 어디 이웃집도 아니고, 예정일이 내일모레라 못 가겠다고 답했다. 친구는 그래, 알았다고 했다. 한 명이 다른 한 사람을 따라 어디든 가는 시간은 진작에 지나갔다. 마지막 문안 인사였을지도 모르겠지만 하여튼 그렇게 되어버린 것이다. 고해성사할 새도 없이.

괜한 일을 하느라
시간과 정신을 낭비하는 캠퍼

캠핑에서는 무엇보다 이웃이 중요하다. 옆자리에 캠퍼의 성격과 태도에 따라 캠핑 일정 전체가 괜찮거나 엉망이거나 하는 게 판가름 난다 해도 과언이 아니다. 첫 캠핑 때는 한 무리로 보이는 세 가족에게 둘러싸였다. 그들은 캠핑에서 저렇게까지 먹는구나 싶을 정도로 성대한 저녁을 즐겼다. 고기는 물론 조개를 구웠고 아이스박스에는 횟감이 있는 듯했다. 나는 처음 텐트를 치는 것이라 긴장한 나머지 먹을 것에 소홀했고 입맛도 없었다. 그래서인지 시끄러운지도 모르고 잠들었다.

후에 아내에게 듣자니 늦게까지 웃고 떠드는 소리에 한숨도 못 잤다는 것이다. 겨우 조용해지길래 이제 잘 수 있나 했는데 그들이 코 고는 소리가 온 캠핑장을 뒤덮었다고 했다. 텐트는 소음을 막아주지 못한다. 도리어 텐트의 얇은 천은 주변 소리를 증폭시키는 면이 있다. 텐트 안으로 개구리와 새가 우는 소리, 계곡 물 흐르는 소리가 들어오는 건 환영이지만, 캠핑장에는 개구리만큼 이웃이 많다. 텐트 치는 데 조금은 익숙해진 후 간 캠핑장에서는 이웃 텐트의 아버지가 어린 아들을 쥐 잡듯이 잡았다. 그는 캠핑 의자에 앉아 아이에게 쌍욕을 퍼부었다. 아이가 공용 화장실에서 뭔가를 실수한 듯했다. 아니 그렇다고 아이에게 저렇게 말해도 되나? 그의 행동은 훈육이 아닌 학대였다. 나는 "잠깐 VCR을 멈춰주세요!" 하지 못하고 쩔쩔맸다. 한술 더 떠 그는 그의 배우자로 보이는 여성과 크게 다퉜다. 홍천강 윤슬을 앞에 두고 대체 왜 저러나, 아니 이 장면 어디서 많이 본 것 같은데? "잠깐 VCR 멈출게요." 역시 말하지 못하고 불안증만

키웠다. 오늘 내내 저러면 어떡하지? 시끄러워서 어떡하지? 그리고…… 저 아이는 어떡하지? 만약에 아이에게 손찌검이라도 한다면 무조건 경찰에 신고하리라. 아, 그렇게 되면 일이 좀 귀찮게 되지 않을까? 저 아저씨 좀 무섭게 생기긴 했어. 싸우면 지겠지. 오락가락 생각 아닌 생각 중에 침을 여러 번 삼켰다. 그러던 중 해가 저물었다. 그 집 식구들은 언제 그랬냐는 듯 깔깔 호호 웃고 떠들었다. 참으로 괴이하고 씁쓸한 일이 아닌가. 여하튼 아이와 아이의 가족이 좀 더 평안했으면 좋겠다 싶었다. 적어도 캠핑장에서는 그들의 평화와 우리의 평화가 연결되어 있기도 했다. 나는 그간 긴장한 나머지 허리가 아팠다. 텐트를 치느라 그런 것일지도 몰랐다. 캠핑에서는 내 집안의 사정이 이웃에게 너무 쉽게 눈에 띈다. 안 보려 해도 눈에 보인다. 텐트 브랜드에서부터 캠핑용품에 따른 취향이 보이고 텐트나 타프에 각이 살아 있는지 아닌지에 따라 그 집의 성격이 보인다. 별수 없이 들리는 대화로 화목한지 요즘 무슨 문제는 없는지 알게 되고 저녁 메뉴에 따라서 고기를 좋아하는지 밀키트면 그럭저럭 만족하는 가족인지도 눈치채게 된다. 모두 쓸모없는 일이다. 남의 시선 따위 신경 쓰지 않는 게 당연히 좋을 것이다. 그걸 모를 정도로 어리석지 않다. 아니, 어리석다. 자꾸 곁눈질하게 된다. 언젠가부터 아니 오래전부터 이웃집에 놀러 갈 일이 퍽 줄었다. 그들이 어떻게 사는지 잘 모른다. 그래서 이 짧은 기간 옆집에 살게 된 이웃의 삶이 궁금해지는 것 같다. 다행히도 대체로는 무심하고 친절했고 점잖고 활달했다. 그렇게 괴팍한 사람은 없었다. 주변에 괴팍한 사람이 없다면 자기 자신을 의심하라는 이야기가 있다. 나는 이 이야기를…….

같은 집에 살았지만 친해지지 못한 송사리

     학교에 진학하기 전에는 할머니 품에서 크다 입학과 동시에 조금 더 큰 도시로 옮기며 엄마와 살았다. 엄마와 머무는 건 좋았지만 집은 훨씬 좁아졌다. 공교롭게도 사글세 방 집주인의 아들과 같은 반이었다. 송 씨라서 별명이 송사리였다. 별명이 있다는 건 사교성이 좋다는 뜻이었다. 나는 녀석의 별명이 부러웠으나 괜한 내색은 하지 않았다. 그것만 부러웠던 건 아니었을지도 모른다. 나는 첫 시험에서 성적이 괜찮았다. 엄마는 내심 아들이 송사리보다 시험 문제를 덜 틀린 게 썩 기분 좋은 모양이었다. 그 시절을 그린 드라마를 보면 임대인과 임차인이라 하더라도 십중팔구 가족보다 가까운 이웃이 되어 기쁜 일 슬픈 일 함께 나누며 사촌보다도 가까이 알콩달콩 지내고는 했지만, 되레 송사리와 나는 서먹한 관계였다. 나는 걔보다 공부를 잘했고 걔는 나보다 때깔이 좋았다. 드라마를 보면 공부를 잘하면 판검사가 되고 때깔이 좋으면 연예인이 되고는 했지만 나와 송사리가 얼마나 잘했고 좋아봐야 얼마나 좋았겠는가. 나는 앞서 말한 사촌들의 집에 가서 노는 걸 더 좋아했다. 사촌 형들과 수준이 더 맞는다고 생각했다. 동네에는 아이들이 참 많았다. 얼마나 많았는지 학교를 오전반 오후반 나눠 등교하기도 했다. 엄마는 오후반인 나를 두고 출근하며 신신당부했다. 시계를 잘 보라고. 시계를 보고 있으면 신기하게도 기다리던 그 시간이 기어코 왔다. 문을 열면 송사리를 배웅하고 돌아오는 집주인 아주머니가 보였다. 송사리가 가는 시간에 나더러 학교 가라고 알려주면 시계를 계속 노려보지 않아도 될 텐데. 아주머니는 정이 많은 스타일은 아니었다. 엄마도 누군가에게 무언가를 쉬이 부탁할 수 있는 사람은 아니었던 듯하다. 그래도 괜찮았다. 그저 시계를 잘 보면 되니까. 어려운 일은 아니었다. 시계는 정해진 대로 가니까. 송사리와 나는 그리 친하지는 않았지만 동네 꼬맹이들은 스스럼없이 무리를 지어 놀았다. 비석 치기를 하거나 고무공을 주먹으로 날리며 야구 비슷한 놀이를 했다. 숨바꼭질이나 땅따먹기 같은 놀이도 했던 것 같다. 어떤 날은 주택 2층에서 우리 엄마를 제외한 엄마들이 아이들 노는 걸 구경했다. 그런 날은 쓸데없는 오기가 발동해 부쩍 열심히 놀았다. 지지 않으려고 비석을 정확하게 맞히려 했고, 고무공을 멀리까지 치려 했으며, 아무도 모르는 곳에 숨고자 했고, 모든 땅이 내 것이었으면 했다. 잘되지 않을 때가 더 많아서 오기는 더 부풀었다. (나 혼자) 노는 게 이미 노는 게 아닌 게 되어버린 저녁에 엄마는 돌아왔다. 시계가 앞으로 정확히 가서 다행이었다. 엄마는 보험을 파는 데 성공하거나 실패하고 돌아오는 길이었다. 잘되지 않을 때가 더 많아서 종아리가 더 부어 보였다. 나는 우리는 언제 지금보다 큰 집으로 이사 가느냐는 둥 내 방은 언제 생기느냐는 둥 철없는 질문을 했다. 엄마는 딱히 할 말이 없는 것 같았다. 내가 송사리에게 그랬던 것처럼. 엄마는 내 질문을 잊은 듯이 굴었다. 또한 내가 송사리에게 그러했던 것처럼.

로데오 거리에서 부모 손을 놓친 어린이

　　로데오라는 말은 언제부터 쓰게 된 걸까. 사전을 찾으면 로데오[rodeo]는 "길들이지 아니한 말이나 소를 탄 채 버티거나 길들이는 경기로 미국 서부의 카우보이들이 서로 솜씨를 겨룬 데서 시작"되었다고 한다. 우리나라에서는 흔히 동네 뒤에 로데오를 붙여 써 젊은 사람이 많이 모이는 흥성흥성한 거리라는 의미로 쓰는 듯하다. 압구정로데오에 소가 살진 않을 테니. 우리 동네에도 로데오가 있다. 동네 이름이 압구정만큼 유명하지는 않지만, 어쨌거나 프랜차이즈 카페와 탕후루 체인점과 인생네컷 매장이 늘어선 길목을 로데오 거리라 이름 붙인 모양이다. 볕 좋은 가을날엔 그곳에서 축제를 열었다. 액세서리 파는 잡화상과 푸드트럭이 들어서고 막대풍선도 나눠주고 튜브로 간이 놀이터를 만들어 애들도 신이 났다. 거리 한가운데서는 이른바 로데오 버스킹이라는 게 열렸는데 아이돌 공연까지는 생각지도 않았지만 축제 내내 트로트만 부르고 있으니 조금 물리긴 물렸다. 하지만 동네 축제에는 힙합이니 K팝이니 포크니 하는 것보다 역시 트로트가 어울리긴 어울렸다. 아이 손을 놓친 걸 노래에 대한 상념 뒤에야 알았다. 튜브 놀이터에 있는 줄 알았는데 아무리 찾아도 없다. 축제 중인데도 인파를 헤집고 배달 오토바이가 곳곳을 함부로 다녔다. 며칠 전 본 영화도 떠올랐다. 딸을 잃어버린 아버지의 이야기였다. 그는 납치범에게 너를 찾아서 죽이겠다고 말하고 실제로 그렇게 했다. 등에 식은땀이 났다. 식은땀을 흘릴 새 없이 나도 모르게 뛰고 있었다. 카우보이보다 빠르게 뛰고 있었다. 올가미를 휘두르는 카우보이처럼 괜히 팔을 들어 휘적거리면서 아이의 이름을 외쳤다. 아니 축제 같지도 않은 축제에 왜 이렇게 많은 사람이 다 몰려나왔담. 아내는 거의 울기 직전 얼굴이 되었다. 그때 한 무리의 초등학생들이 말을 걸어 왔다. "서OO 아빠 서효인이세요?" "어, 맞아. 우리 아이 보았니?" "저기 하얀 천막에 있을 거예요." 나는 안도하는 마음으로 하얀 천막을 찾아 다급히 뛰어갔다. 그곳은 무명 트로트 가수의 대기실이었다. 곧 공연이 시작될 모양이었다. 거기 우리 아이가 숨을 몰아쉬며 뽀로로 음료를 마시고 있었다. 엄마 아빠를 보더니 다시 눈물 바람이다. "어이구 어디에 갔었어? 미안해, 미안해." 아이를 찾기까지 그 짧은 시간이 영겁 같았다. 그런데 도움을 준 어린이들은 내 이름을 어떻게 알았을까? 알고 보니 우리 아이가 겁먹은 소처럼 울면서도 성난 소처럼 반복해 악을 썼다고 한다. "나는 서효인의 딸 서OO입니다! 나는 서효인의 딸 서OO입니다! 나는 서효인의 딸 서OO입니다!" 그래, 그렇지. 너무 맞는 말이지. 아이는 축제에 모인 이웃 모두에게 자신의 신원을 정확히 밝히고 있던 것이다. 갑자기 똑바로 잘 살아야겠다는 의무감이 카우보이에게 쫓기다 반격을 가하는 야생 소의 뿔처럼, 딸을 찾아 권총을 장전하는 리암 니슨처럼, 아니 그냥 어디에 댈 것도 없이, 분연하게 솟아났다.

1801

안녕하세요
1701호의 인사에 1801호는
대답 대신 휴대전화에
들어가는 중이었다
그는 근래 보기 드물게 인사성이 밝은
중년 남성이었는데 지금은
휴대전화에
몸뚱어리를
끼워 넣느라 이웃을 살피지
못한다 1801호의 아이 둘은
제 아비를 닮았는지 활달하고 귀엽고 활동적이고
저녁 9시부터 11시까지 규칙적으로 열심히 뛴다
남자의 인사성으로 인해 1701호에게 소음은 참을
만한 것이 되기도 했었다 그래도 우리는 얼굴
아는 사이니까, 어느덧 1801호의 무릎까지
휴대전화에 잠겨 들어간다 그의 몸이 쪼개진다

휴대전화에서는 교통사고 블랙박스 영상을 보여주는

유튜브가 재생 중이었다 사고가

났다 사고가 나는 소리가

났다 다시 사고가

났다 사고가 나는 소리가

났다 살아 있는 모두가 사고를 당할 때까지 사고가

났고 사고가 이어지고 사고가 나는 소리가

나고 소리의 진원을 찾고

책임을 추궁하고 비난에 집중하고

지금은 밤 10시 1801호는 오른팔을 휴대전화에 욱여넣고

왼팔을 마저 넣는 참이다 1701호는

고민한다 그를 구해야 하지 않나?

힘껏 잡아당겨야 하는 걸까?

머리카락을 쥐어서라도?

그의 머리숱이 얼마 안 되더라도?

이윽고 그는 인사도 없이 완전히 사라졌고

하나의 휴대전화만

덩그러니 남았는데

이웃은 그것을 주워 들고 엘리베이터를 나와

현관에 들어선다 사라진

남자의 아이 둘이

어김없이

규칙적으로

뛰는 중이었다

1701

주인 없는 휴대전화가

몸살이라도 든 듯

몸피를 떨었지만 1701호는 모르는

번호는 무시하는

편이다 광고일지도 몰라 광고가

아니라면 협박일지도 몰라 모르는 이에게

안녕을

묻지 않듯이 모르는 이의

상처에

관심이 없듯이 모르는 죽음에 죽은 자의

자유와 의지를 탓하듯이 죽은 자의

사망 보험금은 구체적인 관심이 가지만

잘 모르겠는 것에는 피상적으로

굴어본다 역시나

전화는 보험에 관련된 것이었고 나는

당신을 몰라 관심이 없다 말하고 끊어버리면

그만인데 1801호를 깨워서 아니 켜서 아니 받아서

안녕하세요, 인사라도 건네야 하는지

그간 당신의 두 아이 때문에 내가

어떤 삶을 살았는지

광고하고 협박해야 할는지

1701호는 모르겠다 그는

방금 주차장에서 평행 주차를 하다

옆자리에 바짝 세워진 현대차를

긁었고 이제는 가만히 휴대전화를

광고와 협박의 세계를

바라보는 중이다

생각하는 중이다

주차선을 밟고 있던 현대차의

혹시 모를 과실에 대하여

이 빌어먹을 아파트의

좁아터진 주차장에 대하여

시간을 뒤로 돌릴 수 없는

치명적인 부주의에 대하여

자유와 의지에 대하여

1801호 남자가 휴대전화에 들어가는 모습은

퍽 자연스럽고 단호해 보였는데

다시 모르는 번호가 뜬다

몸살이 오는 것 같다

1801호에는 발열이

있는 것도 같다

사뭇 점점 식는 듯해

외출복을 다시 입는다

휴대전화가 그를 빤히

쳐다보고 있었다

0902

요즘 우리 단지에

공병 도둑이 출몰한다는 글을

902호는 단지 커뮤니티에서 읽었다

맥주병을 버리며

도둑을 떠올렸다

단지 주민인 척 뒷짐을 지고

강아지 없는 산책이라도 하는 양

고양이처럼 걷다가

부딪치면 소리가 나는 그것을

가방에 담는다는 것인가?

이따금 인간의 정성은

한도를 초과해

커뮤니티에 하다 하다 다람쥐 먹이마저 꼭 채집

해 가야겠느냐는 글을 애써 쓰는 이웃도

참 유난이네 생각하다

방금 도둑이랑 눈이 마주친 것 같다

그는 고양이처럼 눈을 피하지 않고

희고 긴 손을 주머니에서 꺼내

공병 자루에 넣더니

손가락 마디마디에 병의 주둥이를

쥐고 꺼냈다 902호의

맥주병을

잔여물을 헹구어 내놓은 정성을

한도를 초과한 주량을

그이는 우리

이웃이 아닐 것이다 우리

이웃은 우리 단지에만 산다 우리

단지에 도둑은 없다

우리는

도둑이

아니다

902호는 그이를 잡으려 했지만

수면 바지를 입고 포획할 수 있는 짐승은

없다 뒷짐을 지고 강아지 목줄을

당기며 모르는 체한다

돌아오는 길에는

엘리베이터 앞에

부모 없이 노는 두 아이처럼

두어 발 떨어져 떨고 있는

휴대전화 둘을 발견했다

902호는 희고 긴 손을

주머니에서 꺼내

둘을 집어 든다 더는 뛰지 못하게

뒷덜미를 잡는다

이따금 정성스레 단지 뒷산에

도토리를 주우러 갈 때

플래시 조명으로 쓰면

좋겠다 싶어서

602호는 구형 블랙박스를

돌려보는 중이다

어둑한 주차장 구석에서 사람들이

조그맣고 네모난 화면에

발가락에서부터 제 몸을 비집고 넣고 있었다

사고가 났구나

사고가 있었구나

이것은 사고구나

블랙박스는 소리도 없이

같은 장면을 반복한다

박살이 났구나, 저 몸은

부수어 없어졌구나, 내 정신은

휴대전화를 들어

휴대전화에 들어간 사람이라고 검색을 해본다

휴대전화에 들어간 사람 같은 건

세상에 없었다 어쩜

세상에 이런 일이······

나는 봤는데 왜 없다는 것이지

블랙박스 영상에 쥐가 한 마리 지나가는 게 포

착된다

차를 긁은 사람은 전화를 받지 않는다

사고를 내놓고 세상에 이럴 수가

전화번호를 남겨놓고도 이럴 수가

사고가 일어나는 중에 한 떼의 쥐가

지나갔다 다시 검색을 해본다

주차장 접촉사고 뺑소니 대리운전 자차보험

너무 많은 정보가 쥐 떼처럼

쏟아졌다 쥐는

한 번에 수백 마리의 새끼를 낳는다

단지 커뮤니티에는 고양이에게

먹이를 주는 이에게

섬뜩한 경고를 보내는 글이

많았다 공병을 훔치는 자에 대해서도 마찬가지

하지만 내 차를 긁고 가버린 이에 대한 제보는 없고

블랙박스 영상만 하염없이 보며 네가

전화를 받기만 해봐라 속으로 보내는 경고장

문득 공병 부딪치는 소리가 난다 주차장

구석에서 누가 쥐의 꼬리를 잡아 머리부터

먹는다 602호는 동영상을 찍으려 휴대전화를

찾아

더듬거리는데 도대체 곁에 있던 기계가

보이지 않아

뒤돌아선다

뒤통수에 틀림없이 성능 좋은

눈이 셋

달렸다는 듯

이웃의 생명과 재산을 지키는 민방위들

민방위 훈련은 남자 이웃을 왕창 만날 몇 안 되는 기회다. 우선 그들은 동네 커뮤니티 활동을 원활하게 하지 않고 대체로 아이의 주 양육자인 배우자에게 그 역할까지 맡기기 일쑤다. 또한 이웃 남자들은 아이에게는 인사를 잘하라 가르치면서 정작 본인은 승강기에서 마주친 이웃을 외면하고 휴대전화로 게임을 하거나 시사 팟캐스트를 듣는다. 그들은 주말을 맞아 가끔 동네 마트라도 나갈 때면 머리를 감지 않아서인지 탈모 때문인지 모자를 챙겨 쓰고 어제 입고 잤던 오래된 스포츠 브랜

드 티셔츠 차림에 크록스를 신은 채 최대한 어슬렁거리며 걷는다. 아니면 그저 집에서 잔다. 그들 대다수는 국가의 준엄한 명령에 따라 군대에 다녀왔으며 그와 과거가 해병대든 수색대든 그저 소총수였든 아님 공익근무요원이었든 상관없이 이제는 자유로운 동네 아저씨다. 그러나 제아무리 자유로운 동네 아저씨들도 민방위 훈련을 다 마치기 전까지 다만 몇 시간은 신체의 자유가 국가에 속박되기 마련이다. 조무래기 예비군처럼 군복을 입고 총을 든 채 껄렁대기에 민방위는 좀 겸연쩍은 나이들이다. 대신 모이라는 곳에 얌전히 모여 적국의 침략 책동을 간파하는 강의를 듣거나 천재지변으로부터 우리 동네의 인명과 재산이 받을 피해를 최소화하는 훈련을 받는다. 예컨대 지진 발생 시 대피 요령을 배우고 사람이 쓰러졌을 때를 대비한 심폐소생술을 배우는 것이다. 지진이 났다 치고 주민센터 지하로 갔다가 거기에서 누운 마네킹에 대고 CPR을 실시한 다음 지하 강당에 다시 모여 정훈 교육을 받는 식이다. 동네별로 줄을 서서 이동하니 이웃 남자를 분간하기 쉽다. 우리 동네 아저씨들은 저렇게 생겼군, 확인하니 반갑고 안쓰럽고 좀 싫고⋯⋯ 이런저런 감상을 다 합치니 결국 아무렇지도 않다. 그들은 네 시간의 훈련을 반가운 휴식처럼 여기는지 느릿느릿 대열을 따르면서 휴대전화로 게임을 하거나 웹툰을 본다. 5분에 한 명은 긴한 업무 전화를 받기 위해 자리를 이탈한다. 저 사람은 참 바쁘군, 사업을 하시나? 중견 기업 과장 정도는 되었을까? 틀릴 줄 알면서 괜히 헤아려본다. 그다지 나쁜 사람은 없는 것 같다. 그렇게 좋은 사람도 없는 듯하다. 여기에 모인 우리가 저지른 그릇된 행동과 계산된 실수와 오만한 거짓과 마지못한 배설을 모으면 지독한 악취가 풍기겠지만⋯⋯ 지나친 상상력은 인생을 피곤하게 한다. 소집 며칠 전에는 동네에 성범죄자가 살고 있음을 알리는 우편을 받았다. 그는 이 자리에서 나와 같은 민방위 훈련을 받음 직한 또래였다. 마지막 민방위 훈련은 미루고 미루다 12월 말에 겨우 출석했다. 코로나 시국이라 마스크를 쓰고 가 소집 장소에서 도장을 찍는 것으로 훈련은 마무리되었다. 같은 동네 이웃 남자들이 1미터 간격을 두고 질서 정연하게 줄을 섰다. 겨드랑이에 손끝을 교차해 끼고 발을 동동거리고 있었다. 그들은 참 얌전해 보였다. 우리는 참 아무 일도 없어 보였다. 문득 이것이 우리의 최선일 거라는 생각이 참 싫은 동시에 놀랍도록 아무렇지 않았다.

끈질기고 지독하게 살아버린 자

서울 올라와 처음 제대로 잡은 직장 옆에는 놀랍게도 전두환이 살았다. 그때까지만 해도 전두환은 살아 있었다. 가족 모임도 하고 산책도 하고 골프도 치고 숨도 쉬고 다 했을 것이다. 전두환이 살아 있다, 라는 문장에 수치심을 느끼고는 했지만 전두환이 적어도 직장에 있어서는 이웃인 게 사실이어서 나는 수치심보다는 평상심을 찾아야 했다. 나는 시위대가 아니고 암살단은 더더욱 아니며 일개 직장인에 불과했다. 일하는 곳은 서울시에서 새로 마련한 작가들의 창작 공간이었다. 키보다 높은 나무 펜스가 전두환이 사는 저택과의 경계를 알렸다. 어쩌면 이 공간도 그들 무리가 썼을지도 모른다. 언제부터인지 알 수 없지만 그곳은 사는 사람 없이 비어 있는 집이었다. 내 임무는 빈집을 창작 공간으로 만드는 일의 보조 같은 것이었다. 좋은 사람들과 함께 일했다. 그들과 필요한 모든 일을 했지만 그 모든 일에 성실하지는 못했던 것 같다. 전두환은 모쪼록 (빌어먹게) 성실하고 (상스럽게) 치밀한 사람이었다. 그는 괴물이고 살인마다. 적어도 반란 세력의 수괴이며 중대 범죄자다. 다른 말로 그를 설명할 수 있는가? 그런 시도를 하는 사람이 있다면 나는 그를 논리적으로 설득할 자신이 없다. 이미 대단히 화가 나 어쩔 줄 모르고 흥분해 있을 테니까. 동네에는 전두환이 단골이었다는 빵집이 있었다. 들은 이야기로 전두환은 명절마다 이웃들에게 빵과 금일봉을 돌렸다고 한다. 전 재산이 29만 원이라는 말을 곧이곧대로 믿은 사람은 일절 없겠지만 그의 재산이 얼마만큼 어디에 있는지 아는 사람도 거의 없다. 그는 끝내 제대로 된 사과 없이 죽었다. 그가 뒈지고 얼마 후에 그의 손자라는 자가 나타나 조부의 잘못을 대신하여 사과할 때, 고향 사람들은 용서 하나만을 오랜 시절 준비한 것처럼 괜찮네, 괜찮네, 괜찮다네, 그의 등을 쓰다듬었다. 만약 손자가 아닌 전두환 그 작자가 죽기 전에 사과했다면, 내가 잘못했다고 말했다면, 부끄럽고 죄스럽다고 손을 모아 빌었다면…… 그러면 조금 나았을까? 부질없는 생각이다. 그는 이미 죽어서 그러하지 못하지만 영원히 산다손 치더라도 그러할 위인은 못 된다. 그의 손자는 어떤 사람인지 내가 알 길이 없지마는 생김새가 묘하게 닮아 신기했다. 몇 달 야근을 거듭하고서야 창작 공간은 문을 열었고 첫 입주 작가들이 들어와 전두환과 이웃한 채 시와 소설을 썼다. 커피와 술을 마셨다. 도서실에서 책도 읽고 흡연실에서 담배도 피웠다. 전두환과 이웃하여 그런 일을 했다. 전두환과 이웃이라니, 이 문장에 평상심을 느끼는 내게 수치심을 느낄…… 겨를이 없었다. 나무 펜스 바깥쪽에는 경비 인력이 사방을 지켜보는 초소가 있었다. 그들이 없더라도 별일 없었을 것이다. 수치심과 평상심이 한 테이블에 놓인다면 누구라도 평상심을 택할 것이다. 그럴 때 우리는 평화롭다. 평화롭던 어느 날, 한 소설가가 술에 몹시 취해 전두환 개새끼야, 이 앞으로 나와! 소리 질렀다. 놀랍게도 아무 일도 벌어지지 않았다. 과연 우리는 평화를 사랑하는 것이었다. 사과를 모른 채, 용서를 잊은 채, 손에 손잡고, 이웃과 이웃하여.

임자도에서 민어를 나눠 먹던 친척들

여름이면 이웃하던 이모네 식구들과 한데 모여 어디로 놀러 가기에 좋았다. 멀리에는 가지 못하고 늘 가던 데를 갔는데 그곳이 임자도와 임자 해수욕장이었다. 해변에서 물놀이는 언제나 즐거운 법이지만 사실 임자도 여행은 민어를 위한, 민어에 의한, 민어를 향한 휴가였다. 한여름 지도 선착장에 모인 다섯 딸의 남편들, 그러니까 동서들은 어이, 자네 왔는가, 형님 이제 오셨소, 하며 투박한 인사를 건넸다. 이모들은 벌써 저만치서 자기들끼리 수다에 한창이고 사촌들은 이리저리 뛰어

다니며 어른들을 골탕 먹일 묘수를 찾고 있었다. 선착장에 쿨럭쿨럭 도착한 철선 위로 이모부들은 재주껏 차를 대었다. 사촌들이 괴성을 지르며 배에 오르고 이모들이 양산을 접으며 아이들을 단속했다. 흰 거품을 흩뿌리며 배는 제 갈 길로 앞머리를 틀었다. 이윽고 대가족은 임자도에 도착하고 그곳에서 우리는 크고 둥글게 모여 앉아 어른은 어른끼리 아이는 아이끼리 각자의 소리를 내어 하나의 목소리로 만들며 뭔가를 먹었다. 임자도에는 민어라는 생선이 많았다. 이름에서 갈치나 전어와는 비교가 불가한 미학적 완결성이 느껴진다. 민어는 일단 위풍당당 몸이 크다. 회를 뜨거나 매운탕으로 끓이기 까다로운 편이나 일단 훌륭한 조리사를 만나면 그 빛을 더한다. 광어나 우럭에 그 기품을 비교할 수 없으며 한 마리면 웬만한 식구는 모두 배부르게 할 수 있다. 민어는 윤기가 반들반들하고 하얀 속살이 아스라하다. 믿을 수 없이 쫄깃하며 가늠할 수 없이 담백하다. 한 마리를 회로 뜨면 두어 가족은 족히 먹고 다음 날 전까지 부쳐 먹

을 수 있다. 민어는 바다 생선 특유의 완강함도 덜
하여 흡사 네발짐승인 소의 육회와 흡사한 맛과
향이 난다. 와사비나 초고추장보다는 된장이나 매
운 고추와 궁합이 잘 맞는다. 보통 회보다 두껍게
썰어 씹는 입안에서 오물오물 돌아다니는 맛을 더
한다. 민어의 살을 바르는 동안 이모들은 미리 준
비해 온 반찬들을 꺼낸다. 참기름과 참깨로 양념
한 된장과 묵은지를 살짝 볶은 것, 큰이모가 집 앞
마당에서 기른 깻잎 같은 것들이다. 그러고 민어
가 나오면 깻잎에 하얀 민어회 한 점 턱 하니 올리
고, 다른 손에는 소주를 들었다. 임자도에 놀러 온
다섯 여자 형제들은 신안군 압해도에서 태어나 전
라도의 몇몇 고장으로 시집을 갔다. 목포, 해남, 광
주 등지에 그들은 또 다른 섬을 이루어 삶을 지속
했다. 이제 이모들은 누구의 할머니가 되었고 좀처
럼 서로의 얼굴을 마주 보며 둥글게 앉을 시간을
내지 못한다. 더 이상 키가 크지 않는 시간이 되고
부터 민어를 쉽사리 접하지 못했다. 서울로 거처를
옮긴 후로 민어는 더욱 귀한 생선이 되었다. 민어

는 어쩜 이름도 민어다. 민어, 라고 발음하면 그때 젊었던 이모들이 역시 젊었던 이모부들을 앞세우고 매운 고추처럼 알싸한 사투리 들려줄 것만 같은데……. 조선시대에 민어의 부레는 아교로 쓰였다고 한다. 민어 생각을 하면 아교를 묻힌 가죽처럼 지난 시간이 와서 붙는다. 그 시간들 모두 충분히 다정했다 할 수는 없지만 둘러앉아 민어를 먹는 시간만큼은 그래도 꽤 괜찮았던 것 같다.

센터에 모인 엄마들

센터란 무엇인가. 센터라고 하면 일단 농구의 센터가 있다. 슬램덩크에서 채치수가 맡은 포지션이 센터다. 센터는 골대 바로 아래에서 상대 센터와 치열한 자리싸움을 일삼고, 림과 가까운 위치에서 확률 높은 슛을 넣고, 리바운드를 잡아 게임을 지배하려 든다. 요즘 NBA에서는 빠른 자리이동을 통해 공간을 만들고 정확한 장거리 슛으로 많은 점수를 획득하는 전략이 유행이라 한다. 그렇지 않아도 팀의 궂은일을 도맡던 센터인데, 전보다 사정이 더 열악해진 듯하다. 스타크래프트에도 센터가 있다. 나는 테란을 주 종족으로 했는데, 어째서인지 게임을 할 때마다 나의 커맨드 센터는 둥둥 떠다니기 일쑤였다. 요즘은 별의별 데를 다 센터라 그런다. 백화점 문화센터(줄여서 문센이라고도 부른다), 행정복지센터(동사무소이다), 주민센터(행정복지센터의 옛 이름이다), 고용복지플러스센터(실업급여를 받기 위해 이곳에 가야 한다), 한국서지표준센터(책의 ISBN을 발급해주는 곳이다), 신선센터(쿠팡의 식품류 배송을 위한 물류 창고이다), 커뮤니티센터(같은 아파트 이웃들끼리 사용할 수 있다), 마음수련 명상센터(이름 그대로다) 등등. 센터가 너무 많다. 다들 중앙이 되려는 걸까, 아니면 궂은일을 하려는 걸까. 그저 관습적으로 붙은 사회적 말버릇인 듯하다. 하긴 센터라는 말을 대체할 우리말이 딱히 떠오르지 않는다. 센터는 센터다. 내친김에 센터를 검색창에 입력해본다. '발달센터' 혹은 '언어심리발달센터'가 대체로의 결괏값이다. 우리 아이가 그 센터에 다닌다. 생각보다 많은 아이가 그 센터에 다닌다. 언어와 심리와 발달과 상담과 치료를 위해. 센터에는 자폐스펙트럼, 다운증후군 등의 발달장애아동은 물론 말이 너무 늦되어서 치료를 요하는 유아, 심리적 문제로 어려움을 겪는 청소년까지 다양한 아이들이 (주로 엄마와) 다닌다. 언어치료와 인지치료, 감각통합치료 등이 이뤄지는데 사실 정확히는 모른다. 많은 아빠가 아이들이 학원에서 무얼 얼마나 어떻게 배우는지 모르는 것처럼 나도 그렇다. 가끔 아이가 좋아지고 있는지 의심도 한다. 아이를 수학 학원에 보냈는데 수학 점수가 오르지 않아 불만인 부모와 비슷한 심정이라는 게 한심하기도 하고 안심되기도 한다. 아내는 퇴근한 나에게 센터에서 무슨 일이 있었는지 꼬박꼬박 말해주려 한다. 오늘은 아주 잘했지, 잘했어. 오늘은 선생님께 혼이 났지, 혼이 났어. 그곳에서 만난 이웃에 대해 이야기하기도 한다. 누구 엄마는 운전이 서투른지 차 곳곳에 찌그러진 흔적이 있어. 누구 엄마는 센터 원장이랑 대판 싸웠어. 누구 엄마는 오늘 아이가 처음으로 엄마라고 말해서 센터 복도에서 울더라고…… 아이는 센터에 다닌다. 요즘 별의별 데에 다 센터라는 말을 붙여 쓰지만 어떤 가족에게 센터는, 오로지 발달센터다. 그럼에도 센터라고 하면 역시 아이돌 그룹의 센터가 아닌가 싶다. 아이돌 센터는 예쁘고 잘생겼다. 춤도 잘 추고 표정 연기도 잘하고 요즘은 노래도 잘 부른다. 발달센터에서 마주친 많은 아이가 제법 센터다웠다는 것은 온전히 나의 착각만은 아닐 것이다. 가만히 그 친구들이 하는 말과 표정과 몸짓을 보면 알 수 있다. 당신이 노력한다면, 센터가 아닌 센터에서.

가짜 파도를 즐기는 의심 많은 부부

부부는 8년을 연애하고 결혼에 이르렀는데, 연애 기간 내내 변변찮은 여행조차 한 적 없다. 여행은커녕 뭔가 활동적인 데이트 자체를 선호하지 않아 카페에 앉아 이야기를 나누거나 영화를 보거나 책을 같이 읽거나 하는 게 다였다. 다소 고전적인 커플이었다고나 할까. 여름이면 바다나 계곡에 가야 한다지만 둘의 지론은 에어컨 아래가 피서지라는 것이다. 둘의 성격은 결혼 후에도 별로 바뀐게 없어 지금도 '맞은편에 에어컨을 틀어놓은 거실 소파에 기대앉아 있기'가 최적의 피서라 생각한다.

최대한 안락한 자세로 캡슐 커피로 뽑은 아메리카노에 얼음을 띄워 마시며, 블루투스 스피커로 좋아하는 음악을 틀어놓으면 더할 나위 없겠지만…… 부부에게는 아이가 둘 있다. 아이들의 생각은 그들 부부와 확연히 다른 것 같다. 때마침 텔레비전에서 워터파크 광고가 나왔다. 인공 구조물에 물을 채운 거기에 복잡한 인파는 보이지 않았고, 선남선녀가 그야말로 시원하게, 여름을 만끽하는 장면을 보고 아이들은 선언했다. 오는 주말에는 워터파크에 가야 한다고. 부부는 아이를 데리고 워터파크에 간 적이 전혀 없으니, 아이들의 볼멘소리가 터무니없는 것은 아니었다. 남자는 곧장 최저가 티켓을 검색했다. 4인 가족 얼리버드 종일권 할인가 144,000원. 이게 맞나? 맞다. 종일권을 샀으니 종일 있어야 하는데 외부 음식은 반입 금지라고 한다. 이게 맞나? 맞다. 아이들은 무럭무럭 자라서 예전에 사놓은 수영복이 맞지 않는다. 두 벌 사니까 70,000원. 이게 맞나? 맞다. 수영복을 제외한 것들은 대여하기로 했다. 짐을 놓고 잠시 쉴 수 있는 선베드 대여비가 30,000원. 풀장에 들어가려면 아이와 어른 모두 필수적으로 챙겨야 하는 구명조끼가 개당 8,000원, 합계 32,000원. 이게 맞나? 말해봐야 입만 아프다. 오픈 시간인 오전 10시에 맞춰 도착했지만 부부보다 빠른 이웃들이 이미 진을 치고 있었다. 인파를 헤집으며 아이 둘을 데리고 여성 탈의실에 들어가는 아내의 표정은 애써 비탄을 숨기는 듯했다. 남편에게는 약간의 자유시간이 주어진 셈이지만 아내의 표정을 떠올리자 이내 이른 피로가 몰려들었다. 가까스로 물놀이를 시작했다. 사람 반 물 반이었다. 이웃들도 우리와 다를 게 없었겠지. 기나긴 여름이니 어디든 가야 했을 것이다. 인파에 혹시 아이 손을 놓칠까 겁났고, 피부가 따끔따끔한 게 이 물이 과연 괜찮은 건지 하는 걱정도 상당했다. 금방 배가 고팠다. 간이 테이블로 구색만 갖춰놓은 야외 식당에 자리를 잡았다. 어제 튀겨놓은 듯한 치킨과 콜라 캔 하나에 22,000원. 봉지 라면이 5,500원. 즉석밥은 4,400원. 뭘 먹었는지 모를 식사를 마치고 다시 풀장으로 향했다. 메인 풀장 무대에서는 공연이 한창이었다. MC가 싸이의 춤을 따라 했다. 댓 댓 댓 라이크 댓, 댓 댓 라이크 댓. 그때 아이가 손을 잡아당기는 것이다. 남자는 조금 귀찮아져 다그치듯 물었다. 또 어딜 가자고? 아이가 답했다. 아니 그게 아니고, 이제 집에 가자고. 벌써 집에? 응, 집에 가서 쉬고 싶어. 그렇게 말하는 아이의 얼굴에 한 시절 그토록 사랑한 아이 엄마의 스무 살 때 얼굴이 떠올라, 스치듯 그러나 분명하게 떠올라, 남자는 감격에 겨워 말하는 것이다. 옳지, 우리 딸, 집에 가자. 뒤를 보니 여자도 아이와 비슷한 대화를 나누는 듯했다. 출구를 나서는 네 식구 뒤로 워터파크의 가짜 파도가 남실거렸다.

드라마 속 영희

언젠가부터 잘 운다. 아니, 잘 울컥한다. 울컥한다는 것은 울음을 참는다는 뜻이다. 드라마를 보다가도 울컥하고 스포츠 경기를 보다가도 울컥하고 아이돌 오디션을 보다가도 울컥한다. 울지는 않는다. 울컥이 울음으로 넘어서는 데 심리적 장벽이 있다. 몸 안에서는 이미 울음이 준비되었는데 그게 기관지 부근에서 막힌다고 해야 할까? 울면 안 될 것 같다. 혼자 울면 청승맞고 가족과 있을 때 울면 그들이 당황할 것 같다. 엉엉 우는 남편이라니, 눈물을 주룩주룩 흘리는 아빠라니, 조금 이상하지 않은가 말이다. 무엇보다 눈물이 낯설다. 이럴 줄 알 았으면 싸이월드 시절에 눈물 셀카라도 연습할걸. 몇 해 전 드라마를 보면서 드디어 울음보가 터졌 다. 〈우리들의 블루스〉의 영희 에피소드였다. 예고 편이 나올 때부터 왠지 그럴 것 같았다. 울음이 울 컥함을 넘어설 것 같았다. 〈우리들의 블루스〉는 등 장인물들이 에피소드마다 번갈아 주인공을 맡는 드라마다. 보통 드라마는 그렇지 않다. 표방하는 장르마다 따르고자 하는 클리셰마다 다르지만 어 쨌든 주인공은 주인공이다. 주인공 주변 인물은 그 저 친하고 순박한 친구, 작정하고 못된 직장 상사, 내 인생에 사사건건 껴드는 엄마 정도로 그 역할 을 다한다. 운이 좋으면 서브 남주, 서브 여주가 되 어 비상한 인기를 쓸 수도 있겠지만 어찌 주인공 만 하겠는가……. 우리는 주인공이 되고 싶어서 드 라마를 보는 것 같다. 드라마를 보며 주인공을 응 원하고 주인공에게 공감하고 주인공에게서 위로 받는다. 누군가는 이런 말도 한다. 내 인생의 주인 공은 나라고. 정말 그런가? 그렇다면 내 인생의 조연들은 누구인가. 그들은 조연이어도 되는가. 누가 그들을 조연으로 캐스팅했는가. 타인을 조연 취급할 때 삶의 문제는 반드시 생긴다. 〈우리들의 블루스〉는 온갖 이웃이 나와 지지고 볶는 이야기인데, 그 이웃에는 당연히 장애인도 있다. 포장마차 사장이자 물질을 배워나가는, 조금은 비밀스러운 인물, '영옥'의 쌍둥이 언니는 다운증후군을 가진 장애인 '영희'다. 영희는 제주도에 와 동생 영옥과 동생과 연애 중인 '정준' 그리고 제주도의 이웃들을 만난다. 극 중 그림을 특출나게 잘 그리는 영희 역을 맡은 정은혜 배우는 실제 발달장애인이자 화가다. 극에서 제주의 이웃들 얼굴을 살갑고 개성 있는 그림체로 표현한다. 사실 그녀의 데뷔는 지금으로부터 16년 전인 2006년이다. 인권 영화 옴니버스 〈다섯 개의 시선〉 중 박경희 감독의 〈언니가 이해하셔야 돼요〉에서 강단진 소녀 '은혜'로 출연한다. 나는 이 영화를 첫딸의 장애를 알고 얼마 뒤에 보았는데, 영화의 의도와는 상관없이 화면에 보이는 다운증후군 소녀의 모습에 모종의 서글픔을 느꼈다. 울지 않고 울컥 인상을 쓰며 영화를 봤다. 누구보다 먼저 받아들여야 할 아이 본연의 존재를 온전히 받아안지 못했기 때문이다. 시간이 지나 나는 한겨울 저기압대 구름처럼 펑펑 울 준비를 마친 채 드라마를 봤다. 아내와 아이에게 숨길 마음 하나 없이 손목으로 눈 아래를 닦다가 티슈로 코를 풀다가 결국 소리 내어 울었다. 소파 한 칸을 떼고 앉은 아내도 눈시울이 붉어지더니 금세 소리 내어 울었다. 드라마가 끝났는데도 울었다. 거실 한쪽에 제 인생의 주인공일 게 분명한 아이가 왜 우느냐는 듯한 표정으로 갸우뚱했지만 그저 계속 울었다. 울컥을 넘어 울음으로 전진했다. 시원했다. 아주아주 시원했다.

뽀뽀통닭의 다소 불친절한 주인아저씨

　　할머니에게 외식은 괜한 사치이자 하등 쓸모 없는 짓거리였다. 할머니는 사는 내내 대체로 가난했으므로 그 돈이 아까웠다. 할머니는 일생 좋은 요리사로 살았기에 그 음식이 맛없었다. 어쩌다 뭐라도 사 먹게 되면 입맛에 맞지 않다며 거의 들지 않았다. 그러고는 문득 안 좋은 기억이 떠올랐다는 투로 이게 다 얼마냐 힐난하듯 물어보았다. 할머니는 음식에 있어서 능력주의와 자본주의의 화신이었다. 그런 할머니를 맛과 값 모든 영역에서 만족시킨 음식이 하나 있다. 이름은 '뽀뽀통닭'. 동네 치킨집이었다. 이름이 이름이라 기십 해가 되는 시간이 지났지만 상호명을 잊지 못했다. 할머니는 가끔 좋은 기억이라도 떠오른 듯 은근히 물었다. 오늘은 통닭 먹을래? 지금 생각하니 할머니도 밥하기가 귀찮고 싫은 날이 있었을 테고 그날마다 통닭을 제안한 것이다. 여기서 통닭은 두말할 나위 없이 뽀뽀통닭이다. 할머니는 다른 치킨은 안 들었다. 만약 할머니가 교촌 허니콤보나 BHC 맛초킹을 자셨다면 닭이 맛대가리가 없다고 일갈한 후에 대체 이게 얼마나 하느냐고 따졌을 것이다. 하지만 뽀뽀통닭이라면 그럴 일 없지. 내 기억에도 뽀뽀통닭은 국내 최고의 치킨이다. 요즘 치킨은 우리나라가 최고라 하니 세계 최고라 해도 무방할 것이다. 다리든 날개든 가슴살이든 부위를 가리지 않고 촉촉하고 부드러웠다. 뜨거울 때 후후 불며 먹어도 맛있지만 식으면 그 풍미가 더했다. 좋은 기름으로 달달 튀긴 닭을 장정 가슴팍만 한 상자에 담아 주는데 닭이 얼마나 큰지 가늠하기 어렵다. 닭이 크면 속살까지 익히기가 어렵다는데 실패한 조각 하나

본 적 없다. 염지는 어떻게 했는지 소금에 찍어 먹어도 좋지만 그냥 먹어도 감칠맛이 입안을 휘돌았다. 닭만 맛있는 건 아니었다. 직접 깍둑썰기해 새콤달콤하게 절인 무는 감히 요즘 말로 단순히 '치킨 무'라 부르지를 못하겠다. 그 말은 맛에 대한 존중이 부족하게 느껴진다. 할머니가 요양원에 들어가기 직전 해였을까, 동생이 어떤 직감이라도 들었는지 이번 추석에는 뽀뽀통닭에서 닭을 사 할머니에게 들르자는 것이었다. 나는 놀라 되물었다. 그 집이 아직 있다고? 동생이 지금 무슨 소리를 하느냐며 휴대전화 화면을 내밀었다. 우리의 옛날 이웃 통닭집이 그 동네 그 자리에서 여전히 닭을 튀기고 있는 것이었다. 몇몇 리뷰가 눈에 띄었다. '전화로만 예약이 됩니다. 그런데 받지를 않으세요.' '통닭 한번 먹으려면 전화 신공이 필요합니다.' '전화가 연결되면 날짜와 시간을 말하세요. 기가 막히게 그 시간에 통닭을 내어주십니다.' '예약하기 어렵지만 그럴 만한 가치가 있습니다.' 동생이 그 어려운 일을 해냈다. 전화 예약에 성공하고 뽀뽀통닭으

로 찾아갔다. 기름 앞에 아저씨가, 아니 이제 노인
이 되어버린 사내가 있었다. 그 옆에 조리가 완료
된 닭을 포장하는 아주머니, 아니 노인이 된 여자
가 있었다. 얼굴이 기억났다. 그들이 지금보다 젊
었을 때의 얼굴이. 왠지 눈물이 차올랐다. 닭을 포
장하는 사이 아주 오랜만에 찾아왔다고 말을 걸었
다. 아직 여기 있어주셔서 감사하다고 맛도 그대로
인 것 같다고 했다. 아니 이런 데를 서울에서(사실
경기도다) 찾아오기까지 했느냐고 답하셨다. 그리
고 고맙다고 하셨다. 다음 통닭을 기다리는 손님이
많아 좁은 가게에서 지체 없이 나와야 했다. 맛있
는 냄새가 찡해진 코를 간지럽혔다. 더는 참을 수
없어 상자를 열었다. 예전 그 냄새가 훅하니 온몸
을 채웠다.

과도하게 친절하고 조금은 부담스러운
옆집 할아버지

　　동생은 나와 함께 서울로 올라와 잠깐 같이 살다 내가 결혼한 이후 떠난 빌라에 10년 동안 지냈다. 처음에는 102호에 살았는데, 몇 년 후에 같은 빌라 201호를 사서 서울 자가를 가진 30대 여성이 되었다. 얼마 있지 않아 동네에 재개발 소식이 들려왔는데 되는지 안 되는지 제대로 아는 사람이 없고 처음에는 하루에 한 건 넘게 온갖 소식이 난무하더니 어느새 똑같은 이야기만 앵무새처럼 반복한다고 했다. 202호에는 70대 노인이 혼자 살았는데, 동생 집에 누수가 있거나 자잘한 고장이 생겼거나 꼭 맡아두어야 할 택배가 올 때, 오지랖인지 친절함인지 그 어디쯤 되는 태도로 도움을 주었다고 했다. 동생은 결코 살가운 성격은 아니었음에도 노인을 은근히 챙기는 눈치였는데 고향에서 올라온 반찬이며 과일 같은 것을 혼자 처치하지 못할 때 초인종을 누르고 조금 나눠주는 식이었다. 나는 옆집 초인종을 누르고 이것 좀 드셔보라 말하는 동생의 모습이 상상되지 않아 시간이 참 많이도 지났구나, 지나는 시간은 사람을 이만큼 변하게 하는구나 생각했다. 어느 날부터 옆집 노인이 보이지 않는다고 동생은 걱정이었다. 문자로 안부라도 여쭤보라 했더니 전화번호를 모른단다. 하긴, 네 성격에 번호까지 교환하지는 않았겠지. 그사이 재개발 조합이 결성되었다는 소식이 들렸다. 사무실은 건너편 블록 2층, 피시방이 있던 자리였다. 동생은 구청에서 마련한 공영 주차장 추첨에 떨어지고 저녁마다 주차 자리를 찾기 위해 동네를 빙빙 돈다고 했다. 때마침 빌라 건물에 모르는 차가 자주 세워져 있어 전화를 걸어 차를 빼달라 하고 싶은데 차주가 어떤 사람일지 몰라 무섭다고 했다. 이럴 때마다 옆집 노인이 나타나 일을 처리해주었는데 새삼 다시 걱정이 들었고 또 며칠 있으면 걱정은 누그러들고 또 무슨 일이 있으면 노인이 생각나고 하는 식이었다. 아마도 노인은 그 동네에 오래 살았을 것이고 동네의 조그마한 집들을 허물고 그 자리에 빌라나 연립주택이 들어설 때도, 수해가 나 동네가 물에 잠겼을 때도, 동네에 어울리지 않게 젊은 친구들이 찾아들었을 때도, 골목 곳곳에 세워진 차로 통행이 불편해진 지금도 뒷짐을 지고 동네를 샅샅이 돌아다녔을 것이다. 빌라 앞에 주차된 못 보던 차의 주인은 노인의 아들이었다. 갑자기 옆집의 방문객이 생겼는데 보아하니 이사할 집을 보러 온 듯했다. 부동산 중개업자에게 물으니 얼마 전에 이 집 할아버지가 돌아가셨고 노인의 아들이 집을 부동산에 내어놓았다는 거다. 그는 동생에게도 관심이 있느냐 물어왔다. 재개발만 되면 두 채 갖고 있는 게 이득이 될 수 있죠. 동생은 아니라고 답하고 현관을 닫았다. 사실을 알았다면 장례식장에라도 갔을 텐데 하며 서운해했다. 어쩌면 옆집 노인도 동생에게 본인의 부고를 알리고 싶었을지 몰랐다. 죽은 이가 할 수 있는 일은 아니었다. 노인이 오가던 층계참에 난 작은 창문 바깥을 보니 재개발 조합 사무실에 걸린 현수막이 보였다. 경축, 경축, 경축.

강변의 개들

　　허리를 굽혀 운전석에 몸을 욱여넣는다. 익
숙한 길로 방향을 잡는다. 라디오를 켜면 날씨와
교통상황을 알 수 있다. 유심히 듣지 않으면 어디
가 막히는지는 알 수 없지만 거의 모든 길이 막혔
을 것이고 비슷한 시간에 체증은 풀릴 테다. 날씨
가 어떠하든 대기는 미세먼지로 가득할 것이고 가
을은 짧고 겨울은 길 것이다. 조금이라도 앞서나가
는 차선을 찾아 기웃거리며 행로를 이어간다. 이것
은 산책이 아니다. 이것은 출근이다. 파주에서 합
정으로 가는 길은 빠르다. 옆구리에 한강을 끼고

달릴 뿐이다. 무장 공비의 침범에 대비하려는 걸까. 강변을 따라 철조망이 길게 늘어서 있지만 수많은 자동차가 지나가는 길가에서 그것들은 몹시 무용하고 지루해 보인다. 그러나 오늘 아침에도 그 앞에서 한 무리의 군인이 근무 교대를 했을 것이고 어떤 군인은 죽고 싶다는 생각이나 살고 싶다는 생각을 했을지도 모른다. 어쩐지 우리는 같은 목적지를 향해 같은 속도로 달리는 것 같다. 서울에서 멀리에 사는 사람들이 서울에서 가까운 곳으로, 서울 안으로, 서울 중심으로 움직인다. 나는 조금 더 빨리 목적지에 도달하고 싶다. 가끔 그곳이 어디인지 잊어버릴 때가 있지만, 내비게이션은 같은 시간에 가장 빠른 길을 찾아 다시 알려준다. 정신을 차리고 살지 않을 방도가 없다. 브레이크를 급히 밟는다. 과속 단속 카메라가 갑자기 나타나더니 뒤로 사라진다. 시나브로 느려지는 박자를 따라서 주위를 둘러본다. 모두 같은 박자에 속도를 맞춘다. 끔찍해서 미칠 것 같지만 이곳을 벗어날 수 없다는 것도 잘 알고 있다. 다만 미치지 않으려 애를 쓸 뿐이다. 이렇게 꾸역꾸역 잘도 견뎌내는 인간이 되고 말았다. 자유로 지나 강변북로를 넘어 신호등이 많은 거리로 접어든다. 나는 교통신호를 잘 지키고 제법 양보도 할 줄 아는 인간이다. 출근 시간을 되도록 지키는 인간이며 지각하는 날에는 적당히 부끄러워하는 사람이다. 골목길의 행인일 때는 성깔이 급한 자동차를 욕하며 좁은 길의 운전자일 때는 이어폰을 끼고 느리게 걷는 행인을 탓하는 사람이다. 목적지에 도착했다. 주차선을 지키려고 노력한다. 차에서 내린다. 부러 반듯한 자세를 해본다. 이것은 출근이다. 여기는 회사다. 잘못된 소식처럼 하루를 보낸다. 출근하고 퇴근하는 자동차 안에서만 나는 홀로 있을 수 있다. 혼자 있을 때 울 수 있다. 누가 보면 볼썽사나울 정도로 흐느끼면서 빠른 길을 생각했으며 사이드미러와 백미러를 번갈아 보면서 혹여 사고가 날까 조심했다. 도로 시스템 속에 나는 거의 완벽하게 적응했고, 그런 일은 원하지 않지만 어쩌다 시스템 밖으로 나앉을 수도 있으며, 그렇게 어느 날 사고는 날

것이다. 갖가지 우연이 모여 웅성거린 후에 거대한 필연은 탄생한다. 몇 가지 우연의 꼬투리를 잡고 안타까워 눈물을 흘리며 감정적 동물이 되었다가 거대한 필연을 피하려 냉철한 인간이 된다. 매우, 인간적인 일이다. 서울을 완전히 빠져나가는 길에는 갯벌 위 어부처럼 물때를 잘 맞춘다면 표정이 근사한 노을을 볼 수 있다. 그러나 기울어지는 해는 시야에 방해가 된다. 나는 곧 찡그린다. 가다 서고 섰다 다시 출발하는 자동차는 매연을 뿜어낼 것이고 그것들은 지금 반짝이고 있는 강의 표면에 부딪히고 도시를 둘러싼 녹음에 스며들고 결국 이 공간을 불가역적으로 더럽힐 것이다. 인간을 더럽다고 말하지 않을 도리가 없다. 인간은 흙으로 빚은 쿠키를 먹거나 찬 바닥에 누워 자다가 객사하거나 아는 사람을 겁탈하기도 한다. 우리는 불쌍하거나 추하거나 개새끼다. 눈물을 닦고 한가해진 자유로의 중앙에서, 속도를 높인다.

농활 한 번 다녀온 게 전부였던 대학생

나의 당선작에는 송아지가 나온다. 나는 실제 송아지를 가까이에서 본 적 없다. 어떤 사람들은 천안 이남에서 온 사람들이 봄마다 모내기하고 가을에는 추수하는 줄 알지만, 그런 건 대학 새내기 시절 농촌 봉사활동에서 거든 게 다. 하루 종일 어설프게 농사 일을 하고 돌아온 우리는 마을 회관에 둥글게 모여 앉아 '총화'라는 걸 했다. 한 사람씩 그날 했던 일과 느꼈던 감정을 풀어놓는 것이었다. 그걸 서른 명이서 서른 번 반복했다. 선배들이 벽에 등을 기대지 못하게 했으므로 허리가 아팠다. 우리 민족 특유의 양반다리를 하고 앉았으므로 다리도 저렸다. 젠장, 이 모든 걸 취소하고 당장 집으로 돌아가 프로야구 중계를 보았으면 했다. 하지만 한총련 대의원이라는 선배의 목소리는 크고 또렷했다. "자신의 역량을 다해 우리 이웃의, 농민의 아픔을 함께 느끼고 알아야 하는 것입니다." 내게도 차례가 돌아왔고, 나는 찢어진 비닐하우스에서 보냈던 오후에 대해 주섬주섬 이야기를 꺼냈다. 비닐하우스는 3월 늦은 폭설에 주저앉아버렸고 5월까지 그대로 방치했다고 한다. 그나마의 보상금을 받아내기 위해서였다. 그러나 군청 공무원은 시큰둥하다고 했다. 근처 축사는 다행히 무너지지 않았고 거기에 소 몇 마리가 때 이른 파리를 등에 이고 턱을 좌우로 돌리고 있었다. 냄새가 심했다. 송아지는 없었다. 소들은 병에 걸리고도 병에 걸린 줄 모르는 노인처럼 차분했다. 그는 그런 말을 하며 담배를 꺼내 물었다. 그는 플라스틱으로 된 막걸리 병을 획획 돌리더니 뚜껑을 돌려 깠다. 술이 거친 소리와 함께 흰 거품을 냈다. 그는 거품을 핥았다. 그리고 어젯밤에 이미 사용한 것으로 보이는 종이컵에 막걸리를 따라주었다. 푸석한 팥빵이 안주였다. 우리는 늑진하게 취해 무너진 비닐하우스 구석에 누웠다. 그가 말했다. 내가 이제껏 총각이다. 보상금을 받으면 베트남에 갈 거다. 먹고 싶다. 진짜 먹고 싶어. 우리는 당황하지 않은 척 키득거렸다. 정말 웃겼는지도 모른다. 모두 막돼먹은 자였고 축사의 똥보다 못했다. 그런 말을 총화할 수는 없었지. "자연이 할퀴고 간 비닐하우스를 보며 농민의 아픔을 함께하여 신자유주의에 더욱 단호해야겠다 다짐했습니다." 대학생들이 손뼉을 쳤다. 제대하고 선배가 되어서는 농촌에 가지 않았다. 시를 쓰기 시작했다. 비닐하우스의 주인은 베트남에 갔을 것이다. 아내를 사랑하고 아이를 낳고 행복하게 잘 살았을 수도 있다. 아닐 수도 있고. 집에서 가까운 버스 정류장에서는 국제결혼을 알선하는 광고지가 성인 나이트 광고지와 나란히 붙어 있었다. 나는 소처럼 질겅질겅 그것을 씹었다. 그는 불쌍한 사람이고 나는 괜찮은 사람이라고 생각했을 뿐이다. 베트남에서 한국은 전쟁 중에 강간과 학살을 자행했고 이제 매매혼을 일삼는다. 어떤 경우 여자는 견디지 못하고 도망하기도 한다. 남자는 돈만 날렸다고 길길이 날뛴다. 나는 시를 쓰는 괜찮은 사람이고 그들은 대상이 되는 못난 것들이라고 여겼다. 나는 한총련 의장이라도 된 양 멀찍이서 바라본다. "이웃의 아픔과 함께해야 하는 것입니다." 언젠가 이런 말을 하고 싶었다. 나는 다 가짜였다고. 내가 쓴 게 전부 똥일지도 모른다고. 배설하기 위해 먹었고, 싸려고 살았다고. 어디선가 소제하지 못한 축사 냄새가 나는 것 같지 않은가? 마을회관에 둥글게 모여 앉아 한 짓이다. 재래식 화장실에서 자꾸 구린내가 침범해왔다. 몇몇 친구들이 며칠을 못 참고 울음을 터트렸다. 마을회관 뒤편에 가서 바지를 벗었다. 배가 아팠다. 동시에 고팠다. 그리하여 당선작은 시집에 싣지 않게 되었다.

이중 주차 이후 전화 대기 중인 당신

주차장은 밤마다 만차가 되었고 곳곳에 연락처를 남긴 차들이 남의 차 앞에 주차되어 있었다. 그들을 따라 평행으로 차를 댄 뒤 찜찜한 마음으로 집에 들어갔다. 모르는 번호로 전화가 오면 당장 나가야 할 것이었다. 좋은 이웃이라면 응당 그래야 한다. 며칠 지하 주차장 방수 공사로 주차장이 더욱 혼잡해졌다. 차를 댈 데가 없어 주차장을 서너 바퀴 빙글빙글 돌다 보면 집에 다 왔는데 집에 다 오지 못한 아이러니에 깊은 짜증이 치밀었다. 11시 30분에 귀가해 다른 차의 뒤꽁무니에 겨우 차를 대고는 집에 올라와 씻고 누워서 스마트폰을 하다 1시에나 잠들었는데 5시 45분에 차를 빼달라는 전화를 받았다. 잠귀가 밝은 편인데도 두 번의 부재중 전화가 와 있었고 세 번째 전화를 겨우 받은 것이다. 황급히 승강기를 타고 내려가니 남의 차 사이에 제 차가 갇힌 차주가 운전석에 앉아 스마트폰을 만지작거리고 있었다. 새벽부터 어디를 나가는 걸까. 그나 나나 운도 지지리 없군. 나는 눈을 비비며 다시 집에 올라와 한숨 더 자려고 누웠다. 하지만 잠은 온데간데없이 사라졌고, 그렇다고 일어나 다른 일을 하기에도 벅차 누워서 스마트폰이나 만졌다. 이른 아침 새로운 뉴스를 훑고, 요즘 유행하는 영상을 보고, 새벽에 끝난 유럽 축구 경기 결과를 본다. 뭐든 빨리 볼 수 있어서 되게 많이 보게 된다. 보고 또 보다 아파트 커뮤니티에까지 닿았는데 거기에 누군가 남긴 사진과 글을 보았다. 그는 이중 주차된 구역과 장애인 주차 구역을 한 프레임에 담은 사진에 글을 덧붙였다. "우리 아파트에는 장애인 주차장이 너무 많은 것 같아요. 우리 같은 정상인에게 역차별이 아닙니까. 정말 못 말리겠군." 그 글 아래 나도 모르게 댓글을 남겼다. "장애인의 반대말은 정상인이 아니라 비장애인입니다. 이런 글이 제 눈에는 지극히 비정상적으로 보이네요. 못 말릴 게 누구인지." 시원한 댓글을 남기니 잠이 쏟아졌다. 아, 출근 준비를 하려면 한 시간도 더 남았는데, 눈을 좀 붙일까. 이런 이야기의 결말은 뻔하다. 평소보다 늦게 일어났고, 새벽에 차를 빼주러 갈 때보다 더 급한 걸음으로 주차장에 가야 했다. 퇴근하고 다시 커뮤니티에 접속하니 게시판 상단에 새벽에 본 글과 거기에 남긴 나의 댓글이 아직 남아 있었다. 이번에는 글쓴이의 ID가 보였다. 서윤지윤아빠. 앗, 그럼 내 ID는? 905동 302호. 어라, 큰일 났다. 서윤지윤아빠가 우리 집에 찾아오면 어떡하지? 뭔데 잘난 체하는 거냐며 멱살을 잡으면 어떻게 해야 하지? 현관 앞에 인분이라도 놔두면 어찌해야 하나? 댓글을 지워야겠다. 당황해서 잘 안 지워진다. 댓글을 남겼을 때 입력한 비밀번호를 다시 입력하라고 하는데, 내가 무엇을 어떻게 입력했는지 기억나지 않는다. 가까스로 기억해내 삭제 버튼을 클릭하니 다음과 같은 메시지가 떴다. 비정상적인 접근입니다. 서윤지 윤아빠가 그렇게까지 막무가내는 아니겠지. 이른 아침부터 늦은 저녁까지 그가 댓글을 보지 않았을 확률은 높지 않다. 그는 읽었을 것이다. 비정상적이라는 말은 쓰지 말걸 그랬다. 잘 모르고 무심코 쓴 글일지도 모르는데. 너도나도 누구라도 잘 쓰는 말인데. 정상인이라거나, 병신이라거나, 암 걸리겠다거나, 동네 바보 형이라거나, 절름발이라거나, 앉은뱅이라거나, 절었다거나, 나도 쓴 것 같고 너도 쓴 것 같은데. 얼마 후 주차장 공사는 끝났고 그 김에 전기차 공간이 더 생겨나면서 혼잡도는 여전했다. 비교적 비어 있는 장애인 주차장을 사람들은 종종 쳐다보고는 했다. 비정상적인 접근이었다.

스스로 아침을 삭제한 고시원 입주생

고시 공부를 한 것은 아니었고 자격증 준비도 아니었다. 그저 학교 근처에 살면 더 편하겠다 싶어 고시원에 살았다. 학교 가까이 살면 학과 공부나 아르바이트에 더 편하겠다 싶기도 했는데 실상은 놀기에 더 편했다. 군대에 가기 전 마지막 학기였고 군대가 뭐라고 그걸 핑계로 최대한 방종했다. 그 시기에 놓아버린 학점을 메우느라 훗날 졸업 학기에 고생깨나 했다. 그렇지만 거치적거리는 뒷일은 뒷날의 내 몫이었다. 당장 어제도 나는…….
고시원에는 취한 채로 들어가는 날이 많았다. 가끔

은 친구 몇몇을 데려가기도 했지만 방에서 한 잔 더 하는 일은 불가능했다. 방음이 전혀 되지 않아 옆방에서 거세게 벽을 두드리거나 소리쳤다. 거 조용히 좀 합시다, 좀! 그러면 의자를 포함해 방바닥에 모든 걸 책상 위에 올리고 책상 아래 발을 넣은 채 옹기종기 잠을 청하는 것이었다. 그때는 홀로 있는 게 두려웠다. 홀로 있는 게 두려워 홀로 있어야 하는 고시원에 숨어들다니 우스운 일이었지만. 홀로 있는 게 두려운 나머지 홀로 있어야 할 시간과 상황에 이르기 직전까지 사람을 찾았다. 친구들과 당구를 치고 게임을 하고 술을 마셨다. 될 대로 되라지, 그게 무엇이든. 어느 주말은 일어나자마자 컨디션도 좋고 하여 오랜만에 집에 가려고 옷을 챙겨 입었는데 아직 7시도 안 된 것이었다. 룰루랄라 고시원을 빠져나가 근처 편의점에 들렀다. 그곳에서 얼마 전 아르바이트를 새로 시작한 친구가 매대를 지키고 있었다. 너 저녁 아르바이트 아니었어? 왜 아침인데 나와 있어? 친구가 말했다. 이제 해 저무는 저녁인데 무슨 소리를 하는 거니. 아침과 저녁의 조도는 왜 이다지도 서로 닮았는지. 시작과 끝은 본래 어떻게든 만나게 되어 있는 건지. 아침과 저녁은 본래 만날 수 없는 존재인데도. 비스와바 쉼보르스카의 시가 떠올랐다. 친구는 박카스를 건네주며 제발 정신 좀 차리고 살라고 했다. 어라, 분명 공짜는 없을 텐데? 그때 당구장에 다니고 스타크래프트를 했으며 술잔을 나누고 박카스를 건네던 친구 중 지금에 와서 한 해에 한 번 연락 주고받는 이 없다. 우리는 약간의 추억과 그보다 많은 열패감을 안고 세상에 나아가 각자 자리를 잡았을 것이다. 나는 그 지역을 떠났고 돌아갈 일은 별로 없을 듯하다. 사실 우리는 누구도 홀로 있을 기회를 받지 못한 채 어지간히 비슷했던 건지도 모른다. 그 자명한 사실을 부정하려 과하게 고개를 치켜들고 도리질하며 아니라고 했다. 그리고 이제 진짜 혼자가 된 것이다. 고시 공부를 한 건 아니었지만 긴 시간에 걸쳐 알게 되었다. 어차피 모두 외로울 수밖에 없으니 두려워할 것도 없다. 고시원에는 문제적 이웃이 있었다. 같은 층의 다디단 아침잠을 방해하는 알람 소리가 매번 같은 시간에 울리는데 그 방의 주인은 모르쇠였다. 몇십 분이나 울리고 나서야 알람이 멎는 일이 반복되었다. 급기야 알람음으로 쓰인 팝송 가사를 외울 지경이 되었다. 스위트박스의 ⟨Everything's gonna be alright⟩. 지역 대학 인문대 상가 근처 고시원과 전혀 어울리지 않는 노래였다. 하루는 참다못해 스위트박스의 비트가 들리는 방문을 밀어젖혔는데, 문을 잠그지 않았는지 벌컥 열리는 것이었다. 그 방에는 한 남자가 홀로…….

그날 일은 까마득히 잊었을 게 뻔해
반가운 이모부

할머니는 오전마다 바빴다. 가정집을 식당으로 쓰며 큰방, 작은방, 거실에 교자상을 미리 펴두었다. 그리고 반찬이 완성되는 순으로 둥글게 놓았다. 몇 종류의 김치와 나물이 올라갔고 구운 김과 볶은 고추장을 마련했다. 때때로 구운 조기나 볶은 돼지고기가 나오기도 했다. 손님이 오기 직전 오이를 무쳤다. 미리 무쳐두면 오이가 힘이 없고 물만 뱉어 맛이 덜하다고 했다. 나는 할머니 옆을 지키고 있다가 완성된 반찬이 담긴 그릇을 상에 올렸다. 나물 옆에 김치를 두고 가운데 고기를 놓고 김은 날아가지 않게 밥그릇 뚜껑을 얹어두었다. 사람들은 할머니의 음식을 좋아했다. 누구라도 그러했을 것이다. 몇 권의 전작에서 밝힌 바 있듯 나는 맛있는 전라도 음식에 그다지 자부심이 없다. 그보다는 감칠맛에 바쳐진 고된 몸이 먼저 생각난다. 그럼에도 출신답게 까다로운 입맛을 지녔으니 그건 그것대로 치부라 아니할 수 없다. 예컨대 이런 것이다. 아무리 맛있는 음식을 먹어도 "음, 먹을 만하네" 정도로 표현하는 게 최고의 상찬. 어쩌다 맛이 덜한 음식을 만나면 젓가락을 살며시 내려놓고 이내 잠기는 침묵. 할머니의 거래처는 이모부의 회사였다. 이모부는 작은 건설사를 운영했는데 지역 신작로에 가로등을 놓거나 시골 마을에 전신주를 설치하는 일을 도맡았다고 한다. 그의 집에 돈이 모이는 건 어린 내 눈에도 뻔히 보였다. 그날도 할머니는 갖가지 반찬을 만들고 마지막으로 오이무침을 조리하는 중이었다. 오이무침이 거의 다 되면 바지 밑단에 흙을 묻힌 사람들이 차례차례 밥을 먹으러 오는 게 순서였다. 그런데 그날은 아무도 오지 않는 것이었다. 공기마다 그득 담아둔 쌀밥이 식어갈 즈음에 낯이 익은 경리 직원이 찾아와 쭈뼛 쭈뼛 말했다. "저, 이제, 다른 식당에서 밥을 먹는다고 해요. 사장님 지시가 있어서. 이거 어쩌죠……." 다른 반찬과 밥은 다시 거두어 담았는데 오이무침은 몽땅 버렸다. 오이가 물을 많이 뱉었다. 할머니가 힘이 없어 보였다. 이모부의 사무실은 할머니의 집에서 몇 걸음만 가면 간판이 보였다. 어떻게 이모부가 이럴 수 있지? 이모부가 이모부의 큰아들을 때리는 장면을 본 적 있다. 그래, 그럴 수도 있겠다는 생각이 들었다. 그래도 따지고 싶었다. 나는 그의 아들이 아니다. 나는 할머니의 아들의 아들이다. 사무실 문을 벌컥 열고 그날 밥값만이라도 치르라고 소리치고 싶었다. 할머니는 밥공기를 하나, 둘, 셋, 넷 세어서 받아쓰기 공책에 바를 정을 채워 정산받던 사람이다. 그 공책의 네모 칸에 적힌 바를 정을 떠올리니 쓸데없는 용기가 불쑥 솟았다. 발걸음을 옮겼다. '당기시오'라 적힌 문을 밀어젖히고……. 문은 잠겨 있었다. 다행이었다. 나는 할

138

수 있는 게 없어서 기억만 하기로 했다. 잊지 않기로 했다. 이 일은 할머니의 장례식에서 고모가 다시 꺼냈다. 그런 일도 있었다고. 나는 고모보다 더 생생하게 그 일을 기억하건만 끝내 말을 아꼈다. 이모는 엄마의 언니고 이모부는 그의 남편이다. 내가 아주 좋아하는 이모다. 재작년 사촌 동생의 결혼식에 이모부와 인사하게 되었다. 반가워 웃음이 나왔는데, 웃음 이후 그때 그 기억이 비죽 튀어나왔다. 그때 왜 그러셨어요? 이모부는 할머니의 이웃이었으면서. 그렇게 묻지는 않았다. 그는 기억하지 못할 것이었다. 기억의 복수는 비대칭적이다. 복수에 실패함으로써 복수할 거리를 쌓는다. 복수는 나의 것. 실패도 나의 것. 나의 기억은 언제나 나만의 것. 나만 쓸 수 있는 것. 기어코 쓰게 될 것.

하필 복날에 사라진 공장의 인부들

　　그 사건 때문인지 할머니는 도시 외곽 공업 단지 안에 있는 소규모 업체와 계약하여 공장 안에 새로 함바집을 차리게 되었다. 나는 콜라가 가득 든 냉장고가 마냥 좋았다. 공장 입구에는 목공소가, 목공소에서 공장 가는 길에는 함바집이 있는 구조였다. 목공소 인부는 기분 좋은 날에 함바집 꼬마에게 장난감 칼이며 총이며 하는 것들을 만들어주기도 했다. 공장에서 무얼 만드는지 꼬마는 몰랐다. 칼과 총이었을까. 그럴지도 모를 사내들이 할머니가 해주는 밥을 먹고 공장 옆 공터에서 족

구하거나 담배 태우거나 믹스 커피 마시거나 그늘에서 한숨 자며 소일했다. 초여름에는 해 질 녘 인부들이 슬레이트에 포일을 깔고 삼겹살을 구워 먹었는데 몇 점 얻어먹는 맛이 일품이었다. 건강에 매우 좋지 않은 조리법이었다는 것은 한참 후에 알았다. 어떤 야만성은 본인의 몸과 마음을 해치는 정도에서 그 해악을 그치기도 하니까. 하나 대체로는 그보다 훨씬 더 나아가고야 만다. 한창 더운 날이었다. 방학이라 방에 틀어박혀 만화 주제가가 잔뜩 들어간 테이프를 카세트에 넣고 반복해 듣고 있었는데, 음악을 뚫고 괴이한 소리가 들려왔다. 몇몇 사려 깊은 어른들이 아이들은 괜히 밖에 나오지 말라고 했다. 웬일인지 창문도 닫혔는데 한여름에 고욕이 아닐 수 없었다. 하지만 창을 열면 저 소리가 더 분명해지겠지. 카세트 볼륨을 높여봐도 창밖의 소리는 가혹할 만치 점점 더 생생해졌다. 둔탁한 타격음을 기점으로 가늘고 높게 치솟았다가 얇고 힘없이 내려앉았다. 다시 타격, 가늘어지는 신음, 그리고 반복, 반복, 다시 반복. 여름이었

141

다. 중복이었다. 공단 주변에는 어슬렁거리는 개가 유독 많았다. 학교가 파하고 공단 오르막길을 걸어갈 때 개가 보이면 녀석이 사라질 때까지 오도카니 서 있었다. 다행히 개는 아이에게 관심이 없었고 다만 허기지고 더운 듯 배가 홀쭉하고 혀가 길었다. 그 개를 떠올리자 소리가 그쳤다. 소리가 완전히 그치자 매질도 멈춘 듯했다. 아니, 매질이 멈추니 소리가 그친 것이었겠지. 창문을 살짝 열었다. 길게 늘어진 몸뚱어리 하나가 보였다. 죽은 몸들은 사람이나 짐승이나 매한가지다. 기어코 고통에서 풀려난 듯 가장 편한 자세로 지상에 달라붙는다. 둥글게 모인 사람들이 더운 여름에 불을 피웠다. 역한 냄새가 들개처럼 사방을 떠돌았다. 그때 이웃들은 개를 먹었다. 지금도 어떤 이웃은 개를 먹는다. 왜 개를 먹으면 안 되느냐고 묻는 사람도 있다. 굳이 그렇게 하지 않아도 우리는 너무나 많은 걸 먹습니다. 어떤 야만은 본인의 몸과 마음만을 위해 복무하지요. 그로부터 몸과 마음이 아픈 사람이 있다는 건 가볍게 무시한 채로 살아가지요.

142

사람마저 무시하는데 사람 아닌 것에는 어찌할까요. 하물며 당신 같은 사람도 결국 사람인데…… 대답해도 끝까지 듣는 사람 별로 없다. 칼이나 총을 들면 모를까. 몇 해 후 공장은 불타 없어졌다. 슬레이트 지붕이 고온에 녹아내리며 유독한 가스를 한날한시 다 함께 짖는 개떼처럼 펑펑, 뿜어냈다고 전해진다.

그저 좋은 이웃이었던 옛날 사람

나는 누구에게도 좋은 이웃이었던 적 없다.
좋은 이웃은커녕 이웃이라는 관계를 맺은 적조차
없다. 이웃을 어떻게 정의하느냐에 따라 다르겠지
만 근처에 사는 타인과 심리적 밀접함을 느낀 일
이 추호도 없다. 도리어 언제나 불편함을 먼저 느
꼈다. 삶에 방해가 되는 듯했다. 누군가는 승강기
를 오래 잡아두었다. 누군가는 비상계단에 자전거
를 세워두었다. 누군가는 개 산책을 시키고 똥을
치우지 않았다. 누군가는 플라스틱 분리수거함에
음식물 쓰레기를 함께 버렸다. 그 누군가에 내가

속하지 않으리라 생각지도 않는다. 우리는 대충 나쁘고 미세하게 괜찮다. 남들도 그럴 거 같아서, 나쁜 게 나쁜 걸 만나 나쁨이 증폭되지 않도록 피한다. 이 도시에 살게 된 후 만난 첫 이웃은 그 집의 주인이었다. 그는 좋은 이웃이 되고자 하는 열망을 가졌던 것 같다. 이사 들어가는 날 현관에 근방에서 가장 맛있다는 (집주인의 주장이었다) 치킨집 쿠폰이 두툼하게 놓여 있었다. 심지어 페리카나였다. 뭐랄까, 조금 옛날 사람이랄까. 나보다 많아야 대여섯 살 더 먹은 것 같은데. 하긴 전세금 넣을 때 보니 계좌도 농협 걸 쓰고 있었다. 그는 일부러 3층 아파트를 얻었노라 했다. 너무 높으면 땅의 좋은 기운을 받을 수 없다고 했다. 나는 사람 좋게 웃으며 맞장구를 쳤다. 그렇죠. 너무 높게 살아도 좋을 거 없죠. 그는 가족 사항을 물었다. 신혼부부시죠? 아이는? 맞벌이하시나요? 집을 계약하는 데 꼭 필요한 질문은 아니었지만 사람 좋기로 결심했으므로 성의를 다했다. 전세금이 시세보다 쌌으므로 사람이라도 좋아야 했다. 결혼한 지 얼마 안 됐고 아이는 이제 두 돌 되네요. 저는 서울에 있는 작은 회사에 다니고 아내는 육아를 합니다. 아, 그럼 잘되었네요. 저도 이 집에서 아이들을 키웠어요. 아이 키우기 좋은 집입니다. 다른 집과 별다른 점은 없었다. 아이 키우기 좋은 집이란 뭘까. 그는 말이 많은 사람이었다. 이사를 마치고 첫 주말 오후에 그가 초인종을 눌렀다. 환영하는 의미로 케이크를 샀어요. 나는 적잖게 놀라서 어떻게 하는 게 사람 좋은 반응인지 금방 떠올리지 못했다. 허둥지둥하다 잠깐 들어오셔서 커피라도 하시라고 했는데 그는 극구 그냥 가겠다고 했다. 그는 짧지 않은 축하의 말을 건넸다. 좋은 동네에 오셨어요. 제가 평수를 늘리며 집을 샀는데 이 집이 아까워서 팔지를 못했어요. 그래도 좋은 세입자분 만나서 다행입니다. 현관 비밀번호는 바꾸셨지요? 이거 배터리 수명이……. 나는 빨리 그를 보내고 싶었다. 당황스럽게도 그의 손에 쥐여줄 것 하나 없었다. 우리는 새로 산 냉장고 배송을 기다리던 중이었다. 때마침 냉장고 설치 기사가 도착해서야 그는 그의 새로운 집으로 돌아갔다. 몇 년 사이 경기도 외곽 신도시의 아파트값이 폭락하고 미분양 사태가 걷잡을 수 없이 번졌다. 주택담보대출 이자는 올랐고 전셋값은 보합이거나 하락했다. 우리는 미분양된 아파트 1층에 가장 좁은 평수를 골라 분양 계약을 마쳤다. 무리하고 즉흥적인 사태였지만 언젠가는 해야 할 과업처럼 느껴졌다. 그러고 얼마 있지 않아 집주인에게 연락이 왔다. 지금 사시는 집을 매입하시면 어떠실까요. 네? 아니, 저 최근에 분양받았어요. 아……. 우리는 동시에 침을 꼴깍 삼켰다. 이 사람, 지금 곤란한 걸까? 잠깐의 침묵이 지난 후 그가 입을 열었다. 축하드립니다. 잘되었네요. 나는 끝까지 그를 믿지 못하고 노심초사했다. 전세금을 제때 잘 돌려받아야 잔금을 치를 수 있으니까. 물론 아무 일도 벌어지지 않았다. 그는 끝까지 좋은 이웃이었다. 나는 끝내 그저 타인이었다. 치킨집 쿠폰은 모두 버렸다. 종이 쓰레기에 분리배출했다.

할머니는 팬데믹 시기에 돌아가셨다. 전염병
과 명절이 겹친 그의 장례식에 많은 이웃이 올 수
는 없었다. 이모들은 잘 지낸다. 그중 이모 둘은 광
주에서 보리굴비와 생선조림 등을 내는 식당을 함
께 운영한다. 여름이면 민어회도 메뉴에 오른다.
뽀뽀통닭이랑은 거리가 좀 있다. 지난 설 연휴에
극적으로 통화가 연결되어 목포에서 광주까지 치
킨을 사러 갔다. 앞에도 썼지만 그만한 가치가 있
다. 동생은 결혼해 빌라에서 벗어나 경기도 하남의
한 아파트에 살게 되었다. 생각해보니 할머니의 함

바집도 하남에 있었다. 예전에는 하남공단이라 불리던 광주 외곽지역 일대가 지금은 수완지구라 하여 아파트가 수두룩한 신도시가 되었다. 옆집 남자는 여전히 사이클을 즐기는 것 같은데, 아들은 이제 중학생이라 더는 취미를 같이 즐기지는 않는 듯하다. 우리는 여전히 인사를 잘하는 사이다. 층간 소음에 대한 꼭지는 가장 소설에 가깝다. 그런 일은 없었고 있다 하더라도 별수 없을 것이다. 분리배출 시간은 더 줄었다. 금요일만 되면 마음이 급하다. 원숭이와 송사리는 어디서 무엇 하는지 모른다. 의리남들은 그보다는 조금 더 아는데 이걸 안다고 해야 할지 모르겠다. 무소식이 희소식이라는 말은 이런 식의 게으름을 치장하는 데 도움이 된다. 첫째는 일주일에 두 번 센터에 간다. 요새 부쩍 말이 늘었다. 좋다고도 하고 싫다고도 한다. 어쩌면 세상은 둘 사이가 전부 아니겠는가. 둘째는 길 잃어버릴 일 없이 동네를 잘 다닌다. 우연히 친구들과 편의점에 가는 아이를 보았는데 이만큼 커버린 게 괜히 섭섭해서 인중을 긁었다. 강아지 산책을 시키는 이웃을 보면 나의 유일한 요크셔테리

어 '세라'가 생각난다. 어머니는 최근에 강아지를
키우기 시작했다. 요크셔테리어는 아니다. 아파트
단지 바로 옆에 다른 아파트 공사가 한창이다. 원
래 낮은 층수의 주택 단지가 생기는 것으로 알았
는데 어느 틈에 허가 내용이 바뀐 듯하다. 처음에
는 멀리에 높지 않은 능선이 보였지만 어느새 다
른 아파트가 능선을 가리더니 이제 그 아파트마저
더 가까운 아파트가 가리게 되었다. 아파트 앞에
아파트 앞에 아파트가 늘어선 셈이다. 이런 아파트
뷰는 일전에 내가 시로 쓴 바 있어서, 내 운명을 점

지……한 것은 당연히 아니고 평범한 신도시의 공식 같은 것이다. 우리의 이웃들 모두 이 사실을 잠자코 받아들이기로 한 것 같다. 그것이 일상이고 이렇게 유지되는 일상의 위대함을 알고 있다. 함부로 시로 쓸 수 없는 힘이 거기에 있는데 그렇다고 영 안 쓸 수는 없고, 앞으로도 용기를 내어볼 참이다. 모두의 안부를 묻는다. 나는 잘 지낸다. 당신의 이웃으로.

2024년 겨울, 서효인

일상시화

이웃과 시

1판 1쇄 펴냄 2024년 12월 16일

지은이   서효인
편집   이기리, 서윤후, 정채영
디자인   정유경, 한유미

펴낸이   손문경
펴낸곳   아침달

출판등록 제2013-000289호
주소 04029 서울시 마포구 양화로7길 83(서교동 480-26) 5층
전화 02-3446-5238
팩스 02-3446-5208
전자우편 achimdalbooks@gmail.com